读书人
教书人 写书人
—— 一位特级教师的历练之路

张好 著

沈阳出版发行集团
沈阳出版社

图书在版编目（CIP）数据

读书人　教书人　写书人：一位特级教师的历练之路 / 张好著. -- 沈阳：沈阳出版社，2020.9
ISBN 978-7-5716-1088-3

Ⅰ. ①读… Ⅱ. ①张… Ⅲ. ①小学教育—文集②随笔—作品集—中国—当代③诗集—中国—当代 Ⅳ. ① G62-53 ② I217.2

中国版本图书馆 CIP 数据核字 (2020) 第 129916 号

出版发行：	沈阳出版发行集团｜沈阳出版社
	（地址：沈阳市沈河区南翰林路 10 号　邮编：110011）
网　　址：	http://www.sycbs.com
印　　刷：	武汉市金港彩印有限公司
幅面尺寸：	170mm×240mm
印　　张：	10.5
字　　数：	200 千字
出版时间：	2020 年 9 月第 1 版
印刷时间：	2020 年 9 月第 1 次印刷
责任编辑：	战婷婷
封面设计：	树上微出版
版式设计：	树上微出版
责任校对：	张　娜
责任监印：	杨　旭

书　　号：	ISBN 978-7-5716-1088-3
定　　价：	46.00 元

联系电话：024-24112447　　024-62564951
E - mail：sy24112447@163.com

本书若有印装质量问题，影响阅读，请与出版社联系调换。

自 序

我的名字中有一个"好"字，朋友们叫我"好老师"，做一名好老师是我一生的追求；更亲密的朋友叫我"好好"，我的座右铭是"好好学习，天天向上"。

做好老师先从好好学习开始，我们要先培养好自己，才能更好地培养我们的学生。在好好学习的基础上，学以致用，做教书育人的好老师；勤于思考，把自己的教育心得变成有交流价值的文字。我努力地在职业生涯中修炼好三重身份：读书人、教书人、写书人，将过程中的精彩故事记录下来，就有了现在大家看到的这本书。

教师正如一位手艺人，一辈子只做一件事，一定要做得认真，做得讲究，并有美感。

你也与我一样正在努力成为一名好老师吗？以此书共勉，与你同行。

张 好

2019 年 10 月 6 日

머 리 말

目 录

一、读书人

（一）读书有利于掌握养成教育的方法 …… 3
  《放飞美国》教我怎样做一位好老师 …… 3
  《优秀是教出来的》教我成为关注细节的老师 …… 7
  做孩子身边的"高人"，不做孩子身边的"高人" …… 11
  浅说人工智能时代的教师观 …… 16
  教师要做"不特殊论者" …… 19

（二）读书有利于提高学科教学的能力 …… 21
  《探究式科学教育教学指导》读书笔记 …… 21
  消除误解，呼吁自由科学的精神 …… 24
  科学老师，快乐工作，浪漫生活！ …… 25
  《形式逻辑》读书笔记 …… 28

二、教书人

（一）我的教育故事 …… 33
  快乐工作的小秘诀 …… 33
  爱的教育（一） …… 36
  爱的教育（二） …… 38
  为孩子积蓄成才的力量（家长会发言稿） …… 42
  如何处理学生打架事件 …… 47

（二）我的教学故事 …… 50
  我们爱老师 …… 50
  我们爱科学 我们爱祖国 …… 53
  快乐的七巧板 …… 55
  与年轻教师谈考编 …… 57
  我的慢教育 …… 59
  我给美国孩子上科学课 …… 62

-I-

（三）我的教育教学创新 ····· 65
植物知识的教学，如何"突破时空" ····· 65
积极开发课程资源，有效服务"生命世界"的教学 ····· 71
把"皮球"踢给学生 ····· 78
创设"问题库"，有效提高学生的科学素养 ····· 81
实验探究蚯蚓对照度变化的反应 ····· 85
STEM项目学习的实践与创新（1）
——水和温度的变化对植物生存的影响 ····· 91
STEM项目学习的实践与创新（2）
——"改进牛顿色盘"教学案例及分析 ····· 94
自己设计的小灯泡实验——《点亮小灯泡（二）》····· 98
让思维与实验同行 ····· 101
磁铁能吸引什么 ····· 105
抓住教学的契机 ····· 111

三、写书人

（一）我的写作心得 ····· 118
坚持深度工作 ····· 118
写作日记 ····· 120

（二）我的上课和听课心得 ····· 123
《蚯蚓的选择》一课的教学后记 ····· 123
我的语文课《生命　生命》 ····· 129
《测试反应速度》听课笔记 ····· 132

（三）我的自用教材 ····· 135
《我是小创客》 ····· 135

（四）工作中的随笔记录 ····· 143

（五）生活中的随笔记录 ····· 145

（六）那些小诗 ····· 152

参考文献 ····· 161

一、读书人

思路决定出路。如果不学习，有限的信息就会在我们的大脑里形成思维范式，限制我们的思想，阻碍我们进步。怎样学习呢？我们要拓宽视野，储存多向度信息。要读万卷书，行万里路，不断实践与反思。

读书是成本最低的学习。如何读到好书，如何真正读懂好书，如何使好书的价值在自己身上得到体现，这些都非常重要。

教师要通过博览群书找到好书。我曾经到互联网书城去找"好书"，发现畅销榜里有大量励志的书籍、儿童读物等，其中不乏好书。励志类书籍能鼓励我们努力学习与工作。我觉得比起口头说教，阅读和思考更能激起一个人主动发展的欲望。儿童读物能让我们保有童心。我曾经和孩子们一起读过李晓玲、杨红樱、郑渊洁等多位老师的书，这些书帮助我更好地实施儿童教育。也是这些书，使我"一直还是少年"。

教师还可以有目标地去读好书。有这样一类书籍，它们就像武林秘笈，真的能帮助我们成为一名好老师，但我们在畅销榜却无法找到，那就是关于如何有效实施学校教育的书籍。作为一名教师，我们应该主动去获取这些阅读资源。首先是课程标准和教师用书，除此之外，还有更加广泛的拓展资源，需要我们带着问题主动去寻找。比如通过不同的途径去寻找关于"如何当好班主任"的书籍。

一旦读到能对自己的教育教学起到指导作用的好书，就要展开深阅读。怎样算是深阅读呢？读很多遍，写很多笔记和反思，写践行计划。甚至，为它改变了工作方式，提升了境界与情怀。如何真正读懂好书，在于我们的深阅读是否有"深思考"，在于思考的品质。人的一生都在成长，学习则是一生的修行。我始终认为：最好的学习是自学，最好的教育是自我教育。古人说："不深思则不能造于道，不深思而得者，其得易失。"所以我总是要求自己：思考，思考，再思考。

深思之后，就是践行，使好书的价值在自己身上得到体现。在这一章节中，我会与大家分享我自己的读书感悟与因之而改变的教育教学行为。

（一）读书有利于掌握养成教育的方法

《放飞美国》教我怎样做一位好老师

有一本15岁孩子写的书，使我的心灵受到一次又一次的冲击。它对我的影响，胜过任何一本教育理论专著。从2001年6月第一次阅读到现在，也不知道看过多少遍，每看一遍都有新的认识和体会。

这本书就是《放飞美国：一个中国男孩和七个美国老师》，它的作者黄矿岩，是《素质教育在美国》的作者黄全愈的儿子。这个15岁的少年以自身的历练、开放的视角和独特的思考，见证并评价了美国的老师和学校的教育体系。也可以说，这是一本来自学生心灵的"新师说"，是另外一种形式的教育学读本。该书的最大价值是写出了学生心目中的教师形象，并将教师分为四种类型，即"以谋生为目的""以自傲为动力""以教育为己任"和"以爱为根本"。

矿矿认为，判断一个老师优秀与否，除了看他怎样教书，还要看他教育行为的内在动力。如果内在动力不是那么强劲，或者动机不是那么合适，不但会影响老师的教学，还会影响学生的学习效果。

第一种老师，"以谋生为目的"。这种老师视教书为谋生的手段，是一种赚钱的、用以养家糊口的职业。只要能把饭菜放在家里的餐桌上，什么学生、学校、教书都是次要的。当然，也有些为生存而教学的老师干得很不错。他们知道如果干得不好，就会失去谋生的职业。

第二种老师，"以自傲为动力"。这种老师，往往是知识渊博，功底深厚，只要能满足"自傲"，就非常愿意与他人分享知识。他们可能并不在意付出，他们追求的是发现自我、自我证明，从中获取满足感。这类老师工作会很努力，会很出色，但他们非常在意被他人拒绝和反对。学生们往往最爱挑老师的不是，面对"不听话"的学生，这种老师很容易失去耐心。也就是说，自傲的另一面可能会使这种老师走上失败之路。

  第三种老师，"以教育为己任"。这种老师以提升人的责任感来教书，或者说把教书看成是自己的社会责任。这种老师在教书的过程中很注重用个人的人格力量去改造他人。他们不仅向学生传授知识，而且告诉学生怎样做人，以此来影响或改变学生的生活轨道。

  第四种老师，"以爱为根本"。这种老师都是孩子"爱的奴隶"，不管孩子带给他们多少痛苦与压力，他们总是会理解和原谅孩子，会坚定地爱孩子，帮助孩子成为一个优秀的人才。以一种养育自己孩子的心态去教育学生的老师，是富有爱心的老师。这样的老师就是可以让你像信任父母那样去信赖的人。

  十年前，我从矿矿的书中了解到学生喜欢以下3种老师。

  学生喜欢有个性的老师。矿矿最喜欢的老师都有鲜明的个性和突出的特征。比如社会课老师亨利克先生，他就有着独具特色的教学方法，他的课堂充满无穷的魅力，还有他的亨氏考试，考题也能给学生带来快乐。亨利克先生长着一张娃娃脸，貌不惊人，但他的人格魅力把目空一切的矿矿征服得五体投地。

  学生喜欢快乐的老师。矿矿称他的美术老师冈达修士为"老顽童"，他很不一般，甚至有点儿反常，但很酷。他能收放自如地开玩笑，学生在他的课堂上学得也很好。你无法想象，如果你没有认识他，你的生活会是什么样？如果上帝存在的话，你会从这个人身上体会到上帝的幽默感，他还会对你的生活产生很大的影响。

  学生喜欢有爱心的老师。我们来看看矿矿的表白："我从来就没有见过爱波伦丝太太生气。事实上，她从来不生气，那是因为她没有生气的缘由——没有哪个学生想让她生气。她总是想着她的学生，她不像大多数老师那样不愿意在记学生名字上花时间，只要她上了一天课，她就能准确地叫出全班人的名字。"爱波伦丝太太爱她的学生，学生们也都喜欢爱波伦丝太太。在她的课堂上，每个人都感觉像是在自己家里一样。

  十年前看《放飞美国》，我的想法是：我要努力让自己成为"以爱为根本"，学生喜欢的好老师。怎样做一名优秀的小学科学老师呢？我要求自己做到：

1. 大智若愚

在传统教学观念里，好动的孩子往往不太受欢迎，然而正是这些孩子活跃了我们的课堂气氛。装作不知道他们在其他学科的表现，让他们在科学课上充分地表现自己，找到"自己是优秀学生"的感觉，在这一点上科学课相较其他学科具有优势。因为这一类型的孩子往往动手能力很强，有自己独特的想法，乐于创新。

2. 走火入魔

对某个项目的研究率先表现出极大的热情，以此来感染学生。比如学习光学知识单元，我可以收集大量相关的趣味实验、经典故事和生活现象，成为一个"光学专家"；比如恐龙，这是孩子们喜欢的热门话题，我可以上网查找资料，收集影视作品，成为一个"恐龙大侠"；比如四驱车，多少孩子为它痴迷，我可以自己买来拼装、调试并深入研究，成为一个"四驱发烧友"。总之，不管自己与生俱来的兴趣在哪一个领域，都应该热衷于所有与科学有关的孩子们感兴趣的事物。

3. 装模作样

我在同一个学期里要给不同的班级上课，总是会碰到这样的班：常规习惯不太好，让课堂效果大打折扣。一旦遇到这样的班级，我一定要调整好情绪，努力让自己喜欢这个班级，并"装模作样"地表扬他们是"全年级最优秀的班级""老师最喜欢你们"。也许几次下来没有成效，但只要我有坚定的信念和灵活的技巧，他们就能在课堂上发挥长处。最后孩子们也不会让我失望，这个班级也会成为我真正喜欢的班级，那时我也不需要再"装模作样"了。我完全可以给全年级所有班都授予"最高水平"的称号。

4. 精彩纷呈

对课堂的经营是需要灵感的，它在课前和课中都能表现出来。比如将制作潜望镜与复习课结合起来：全班的孩子一起"闯关"，闯过第一关获得"全班同学一起看老师做一个潜望镜的资格"，闯过第二关获得"四人合做一个潜望镜的资格"，闯过第三关获得"两人合做一个潜望镜的资格"，当然我完全可以控制所有的班都闯过第四关，获得"每人做一个的资格"。

多年来我反复阅读《放飞美国》，在教育教学中努力实现我的想法，不断践行"怎样做一个好老师"的理念。

（1）我认为，教师是学生行为和品格的导师。好的老师不仅传授专业课程，还传授人生课程。最好的教育是不留下教育的痕迹，亲自做给学生看。我想让学生学会爱护环境、讲卫生，就一次又一次地在他们面前捡起地上的垃圾；我想让学生懂礼貌，就一遍又一遍地在他们面前说着"谢谢""请"；我想让学生喜欢科学探究，自己就会表现出对科学极大的热爱。

（2）我认为，教师是学生优秀习惯的养育师。教育重在"育"，也就是慢慢地"养育"。这种养育是需要营养的，最好的营养就是爱和鼓励。六（4）班的班主任出差，我作为副班主任管理班级，希望他们保持好习惯，就总是由衷地夸赞他们，并为孩子们写下了几篇文章：《做六（4）班的副班主任真的很幸福》《幸福的十个理由》等。科学课要认真观察、认真实验、认真思考，善于倾听，尊重事实，乐于合作与交流……我想让孩子们拥有这些优点，就不断地帮助他们、夸奖他们，直到有一天他们真的拥有这些优点。

（3）我认为，教师是学生学习的促进者。我在设计教学方面有很多的做法，在此基础上，我还会关注其他细节。比如，我把我教室的踏台撤走，这样可以随时与学生近距离交流，并能不知不觉走到他们中间，弯下腰仔细倾听学生的想法。

（4）我认为，教师是教育教学的研究者。我主持和参与过教育教学相关课题研究，主编和参编过教育教学书籍。但我更关注的是，怎样把教学研究落实到每一堂科学课中。设置小学科学课程的目的是培养学生的科学素养，它是一门实践性课程。我克服各种困难让学生能自己动手做实验，尽我所能地设计各种丰富多彩的课型，孩子们也非常喜欢这样的科学课。

我的教师观帮助我成为一位幸福的老师。有时候我要去外地出差，几天后回到学校，孩子们都会开心地说"老师我好想你""又可以上科学课了"。我是一个多么幸福的人，一线教师将是我终身的事业。怎样做一个好老师，也将是我的教师生涯中不断探究的课题。

你是一位老师吗？我郑重地向你推荐《放飞美国》，这是一本来自学生心灵的"新师说"，它像一面镜子，值得每一位教师照一照。

你想做一位好老师吗？我郑重地向你推荐《放飞美国》，这本书里浅显的文字与风趣的故事会给你深深的启迪，让你受益终身。

（本文曾经发表在"好老师工作室"）

《优秀是教出来的》教我成为关注细节的老师

  一位风趣幽默的"麻辣教师",不仅征服了一群又一群调皮捣蛋的学生,而且还在短时间内把他们教成了品学兼优的学生。他用了什么绝招?美国最佳教师奖获得者罗恩·克拉克把他"管"学生的55条教学心得,通过《优秀是教出来的》这本书娓娓道来。他抓住教育过程中容易被人们忽视的细节,既对孩子严格施教,又用爱心和热忱赢得了孩子们的爱戴和尊敬。克拉克老师不仅仅将注意力放在提高孩子的学习成绩上,而且更加注重培养孩子良好的习惯和教养。他总结的这55个细节既适用于老师教学生,也适用于家长教孩子,适用于希望提高个人修养的人。

  这55个细节中,令我印象深刻的细节有8个。其中4个我会谈一谈自己的思考与践行,另外4个进行原文摘录。

  1. "眼神沟通很重要"

  有人对你说话时,眼睛要注视着他。有人发表意见时,你的身体和脸要正对着他。

  在课堂上,当一个学生发表自己的观点时,我要确保其他所有的同学能看着他,专心听他发言。一个学生的发言没结束,绝不允许其他同学举手补充。这种方法非常有利于提高孩子们的倾听能力。在科学课上,经常有一个交流环节,实验小组的同学将实验记录卡拿到实物台上展示,同时用语言向全班同学进行汇报。很多老师都能做到请小组全体同学上台来,但事实往往是上台的同学面对着老师在汇报。这是因为我们忽视了一个细节:眼神沟通很重要。我们应该要求发言的同学看着全班同学,不要看着老师;要求坐在座位上的同学和正在讲台上参与汇报的小组成员眼睛都看着发言的同学。我说:"如果你不同意他说的内容或有所补充,等他说完以后可以站起来与他交流;如果你很认可他的发言,可以用掌声鼓励。"这时候,交流的平台才真正建立起来。眼神沟通,在老师讲课的时候同样重要,我们要确保所有人的眼睛一直看着老师。站在讲台上,我们能看见学生们脸上的表情,谁的思路没有跟着老师走,我们就要及时提醒他。用眼神沟通不仅是一种好的学习习惯,还能帮助我们在与人交往时显示自信和表示对他人的尊重。

2. "真诚祝贺获胜者"

当班里出现值得表扬的事情时，我们就要带着大家鼓掌。鼓掌至少要持续三秒钟的时间，还要确保两个手掌充分接触，以保证掌声足够响亮。有时是一段精彩的发言；有时是一件值得赞赏的事情；有时是某位同学经过努力，取得进步。我们还要鼓励孩子们相互欣赏。由于老师的工作事务繁杂，有时候来不及关注所有的同学，来不及表扬所有值得鼓励的事，这时候可以由感知能力强的孩子自觉发起鼓掌，而其他人都应该及时响应。即使很多时候对方是竞争者的身份，比如获胜的学习小组，考试成绩进步的同学，我们也应该表示真诚的祝贺。科学课的试卷检测不多，有时候我会像克拉克先生那样在公布成绩时大做文章。先叫学生的名字，然后停两秒钟，之后声音很大地、慢慢地喊出"100分！"接下来是成绩进步的学生，不念分数，只大声地一个字一个字地念出他们的名字。与克拉克先生不同的是，我只公布优秀成绩和进步学生的名单。每当我郑重其事念出这些孩子的名字时，随之而来的就是真诚而热烈的掌声，在这种氛围下，即使考试没有发挥好的学生，他们也非常开心，因为他们的内心是积极向上的。希望在往后的旅途中，我们也都能真诚地祝贺获胜者。

3. "'谢谢'传递好心情"

我递给你东西的时候，你要说"谢谢"，如果你在接东西的三秒钟内没说，那我就把东西拿回来。既然你不尊重我，我也没必要对你客气。克拉克先生经常这样做。只要学生没对他表示感谢，他就把东西从学生手中拿走。有一次，一位高三年级的老师找到克拉克先生，他说，班上有一群男生相较其他孩子更加文明有礼，让人喜爱。比如当他给他们发奖品时，他们总要说声"谢谢"。当这位老师问他们为什么这么有礼貌时，他们告诉他，这是他们小学老师给他们立下的规矩。一个男孩回忆说，正当他满怀欢喜地刚要把糖放进嘴里时，克拉克先生就抢走了。因为他当时没有说"谢谢"，然后克拉克先生就把棒棒糖放进自己的嘴里，高兴地接着讲课去了。这件事让他发誓，以后再也不会忘记说"谢谢"。我把克拉克先生的故事讲给我的学生们听，告诉他们说"谢谢"在每个国家都是应有的礼节。我对学生们说："当任何人为我们做某件事情时，我们都要心怀感激，并且让他知道你的感激。"在往后的人生旅途中，孩子们会遇到很多人、很多事。懂得珍惜，才配拥有；懂得感恩，才能走得更远。错误的家庭教育让很多孩子认为父母对他好、师长对她好、朋友对他好都是理所当然的，不会从内心产生感恩之情，也不懂得如何去表达。因为这些孩子可能缺乏敬畏之心和乐于奉献的精神。感恩不仅是一种能力，还是一种品德，能帮助我们消除负面情绪，净化我们的心灵。懂得感恩的人，会更加快乐。感恩教育，就从教孩子说一声"谢谢"开始吧！

4."别对作业发牢骚"

我布置家庭作业的时候，不允许有人抱怨或者发牢骚。如果谁这样做了，他就必须做两倍的作业。想想在你工作过的地方，那些和你一起工作的同事中，有多少人积极进取，又有多少人比较消极？你愿意和这两种人中的哪一种打交道？我想答案应该很明确。但很多人仍然持消极的态度，对别人指派给自己的任何工作都要抱怨一番，对任何需要他付出努力的事情，都要发一通牢骚。我不喜欢我周围有这样的人，因为听到别人抱怨生活会使我感到苦恼。现如今，虽然大家也偶尔因为工作任务重发发牢骚，但大多数人都能及时进行自我调整，抱有积极向上的态度。可是学生不一样，如果教师不严格要求，班级很有可能会盛行负能量。因为学生是贪玩儿的，学习知识却需要"苦作舟"。孩子的理性思维并不强大，如果不制定规则，学生很有可能会对每一件应该完成而不想去做的事充满逆反情绪。克拉克先生在班上一直努力灌输一种积极向上的思想。在任何情况下，他都不允许他的学生对他布置的作业和提的要求有所抱怨，或者大惊小怪。若违反这条规则，他的惩罚方式是做两倍的作业。他告诉学生，如果某个晚上他们觉得功课太多了，欢迎他们提出来，只不过他们必须用充满尊重的方式来表达，绝不能抱怨和发牢骚。克拉克先生的做法让孩子们明白，有些事情我们必须去做，虽然我们不想做，但这是我们的责任。努力学习，更是对自己负责任。与其花时间抱怨，不如付诸行动，减缓当前的压力。成人世界何尝不是如此，很多时候，我们不得不去做自己不愿意做的事情，责任使然。而当我们一次次战胜自己，我们的力量也会越来越强大，这种力量会无限扩大我们的舒适区，让我们可以快乐地工作，幸福地生活。传播正能量，就从教孩子别对作业发牢骚开始吧！

5."打喷嚏时捂住嘴"

咳嗽、打喷嚏或打嗝时，应当转过头去，并用整只手捂住嘴巴，只用半只手可不行，然后应该说声"对不起"。

6."课堂秩序严要求"

我们必须遵守教师规定的纪律，我们要有组织、有效率地完成任务。为了做到这一点，必须遵守如下规则：

（1）未经许可，不得离开座位。除非你病了，才可以马上离开。

（2）不得说话。除非你举手，并且我叫了你；我问你问题，你要回答；休息或午餐时间；我特批的时候，例如小组活动需要沟通。

7."进门出门懂礼节"

如果你开门进去或出来时，有人跟在你后面，你应该扶住门；如果开门的时候需要拉的话，你就拉开门自己站在一边，让别人先过去，然后你再走过去；如果开门的时候需要推门，你就先自己走过去，用手扶住门别松开。

8."公共场所须安静"

当我们集体外出进入一座建筑物时，不能说话，甚至要安静得让人注意不到我们的存在。这同样适用于人们聚会的任何公共场所，包括电影院、教堂、剧院等。

《优秀是教出来的》教我成为关注细节的老师。我曾在担任班主任工作期间，将"优秀秘诀"营造成我的教室文化。我在黑板左上方写下"我认真，我很棒"几个醒目的大字。右上方写下"我优秀，我能行"。在一些特殊的时候让孩子们大声朗读"我认真，我很棒！""我优秀，我能行！"

我还在教室的玻璃墙贴上许多"优秀秘诀"：

"谢谢"传递好心情，恭恭敬敬地说话，全神贯注来读书，完成作业不拖延；

不良姿态惹人厌，尊重他人好言行；

真诚鼓励获胜者，要使掌声够响亮；

抽屉及时收拾好，做事讲究条理清；

学会倾听——有人与你说话时，眼睛要看着他；

学会关心——给身边的人一些帮助；

学会创造——我的想法和做法与别人不一样；

学会坦然面对失败——谁赢谁输并不重要，希望我们都能为自己尽了最大的努力而感到高兴；

学会挑战极限——尽量使自己达到最出色。

……

我的"优秀秘诀"让孩子们学会了自励，他们也总结了上百条"优秀秘诀"，是关于学会学习、学会生存、学会关心的。我惊喜地发现，孩子们真的越来越优秀了，由此更加坚信，好的教育是正确引导孩子怎样去做，而绝不只是被动地去处理一些纠纷，去禁止一些行为。

做孩子身边的"高人",不做孩子身边的"高人"

看李再湘老师的《教师专业成长导引》丛书,不管是随意翻翻还是全心投入,每看必有新的收获与思考。

其中《综合素质与专业素养》上篇"教师综合素质提升的途径与方法"这一章节,李老师指导教师怎样"读好书,交高人",以获得自身综合素质的长足发展。书中写道:

在现实生活中,和谁交朋友的确很重要,朋友甚至能改变你的成长轨迹,决定你的人生成败。

和什么样的人在一起,就会有什么样的人生。和勤奋的人在一起,你不会懒惰;和积极的人在一起,你不会消沉;与智者同行,你会不同凡响;与高人为伍,你就能登上巅峰。

有句话说得好,你是谁并不重要,重要的是你和谁在一起。古有"孟母三迁",足以说明和谁在一起的确很重要。雄鹰在鸡窝里长大,就会失去飞翔的本领,怎能搏击长空,翱翔蓝天?野狼在羊群里成长,也会"爱上羊"而丧失狼性,怎能叱咤风云,驰骋大地?

可见生命中拥有"高人"是如此重要!

李老师的这些文字激发了我的跳跃性思维,我忽然想起了前一段时间一位教师朋友对于教育的困惑:她的学生和她自己的孩子都"不服管",以致她难以达到培养他们良好的学习习惯的教育目标。李老师的"读好书,交高人"的观点,启发了我的思维,并随之产生一个新的理念,一种新的方法,来解决这个很多教师和家长都面临的困惑。那就是:做孩子身边的"高人",不做孩子身边的"高人"!

这第一个"高人"指的是"读好书,交高人"的"高人",即做孩子身边的好榜样,让孩子能"与高人为伍"。

这第二个"高人"指的是"权力高人一等,地位高高在上"的"高人"。也就是说,不管是教师对学生,还是家长对孩子,我们都要抛弃常规思维里的"高高在上的管理者"的身份，做一个与孩子一起学习的好伙伴，一个有着良好学习习惯的"优秀学生"，以朋友和榜样的身份来影响孩子。

1. 以教师为例

我们很多老师都抱怨现在的孩子不愿意做公益劳动，缺乏责任感。但是，如果我们不是一味地去指责和要求他们，而是自己先去做那一个"有责任感的学生"，看到教室里有一片纸屑，弯腰将它捡起来；看到走廊上掉落在地的雨衣，小心地将它放回原处。从自己做孩子身边有着良好行为习惯的"高人"开始，给他们营造一个"高人"环境。

一些孩子没有规则意识，拖欠作业，违反纪律，我们该如何帮助他们呢？首先要反思自己的行为。作为教师，有没有遵守规则：班级管理严格按制度办事，不因人而异；说过的话一定要做到；下课铃声响后不拖堂，等等。

一些孩子不喜欢朗读和背诵，很多老师采用奖励和惩罚并用的方法，但收效甚微。如果我们能放开学生，像美国最佳教师奖获得者罗恩·克拉克那样，先自己做一个"热爱朗读的学生"，在给孩子们示范朗读的时候，总是感情饱满、精力充沛、全身心地投入，在必要时甚至可以做出各种各样的动作，模拟各种各样的嗓音，用尽力气大叫……这种如痴如醉，表现力极其丰富的朗读，能深深地感染学生，他们也会带着表情朗读，根据角色变换嗓音。身边的"朗读高人"让他们懂得，朗读的过程充满了乐趣，朗读是一件多么令人着迷的事情。

想让孩子学会倾听，首先自己得善于倾听，即使学生的回答让我们失望，即使他的观点毫无价值，都要耐心地听他讲完。

想让孩子一听到上课铃就能很快安静下来，首先自己在铃声响之前，就做好课前准备，在铃声响起的那一秒钟已经稳稳地站在讲台上用眼睛巡视所有的学生……

总之，我们希望学生们拥有哪些良好的品德与习惯，首先自己就去做那个"理想中的学生"，以孩子们身边"高人"的身份去感染他们，让他们因为崇拜你而向你学习，因为敬你而服你。不要只是简单粗暴、高高在上地行使你的管理权。

2. 以家长为例

越来越多的家长抱怨"孩子难管"，问题其实在于：孩子一天天在长大，但我们大人尚未跳出常规思维的圈子。做父母的总是以为自己可以改变孩子的想法。而事实是即使是孩子也是具有独立思维的个体，特别是已经升入中学的孩子，他们的个性日渐明显，与父母之间存在差异与分歧是必然的。在出现分歧的时候，父母以为道理就是这么简单明白，把道理讲完了，孩子就应该被说服。其实，父母说的只是自己理解了的道理，并不表示孩子也能理解。即使孩子已经理解了，他们也不会马上屈服，因为他们需要自己来做决定。最后的圆满结果，只能是孩子自己说服自己。所以，最好的教育不是竭力管住孩子，而是做孩子身边的一个好伙伴，帮助孩子提高自我管理能力。

《素质教育在美国》一书的作者黄全愈提出，培养孩子的自我管理能力，最适当、最有效的方法，是管理学中的"目标管理法"。在目标管理法中，家长不要为孩子制订过高的目标，应该引导孩子制订适合自己的目标，并容忍孩子落实自定目标过程中的失败。大人都不一定能自我控制，对于低龄孩子来说，管理自己不可能一步到位，不可能在短时间内做到尽善尽美。因此，家长一定要耐心、耐心、再耐心，不能因为孩子的自我管理不到位，就失去信心，放弃所有的努力。这时候我们需要鼓励他一点一滴地进步，而不是"高高在上"地去指责和批评。

我现在是一个初二年级孩子的家长，在漫长的暑假中我和儿子一起确立目标，我有我的假期任务，他有他的各科作业，我们都通过自我管理的方式去制订计划、落实行动、达到目标。我们各自管好自己，相互只起到督促和提醒的作用。甚至，我的孩子能在某些方面，成为我身边的"高人"。

我当班主任期间，常有家长说孩子在家不好好写作业，一会儿看电视，一会儿吃零食，拖拖拉拉老是沉不下心来。用他们的话说就是"坐不稳"。而这些家长很难想象的是，他们的孩子在学校自习课时却能安安静静地坐下来写作业，一坐就是四十分钟。问题出在哪儿？可能出在家长自己身上。家长没有给孩子一个好的学习环境。我们必须保障孩子有一个独立写作业的空间，这个空间要很安静，没有电视和电脑的诱惑，没有父母和客人的打扰。如果你的孩子不得不与你同处一室写作业，家长不妨先以身作则，做一个"能坐得稳的好孩子"，准备一些书、一些纸和笔，稳稳地坐在桌前认真学习。你可以看书，可以写文章，一定要坚持四十分钟以上并全神贯注不动声色。在这样一个好的学习伙伴的影响下，我们的孩子有再顽固的恶习，久而久之也会改正过来。

想让孩子养成爱阅读的习惯，家长自己首先要喜欢看书。带孩子一起逛书店，一起买书，一起谈感受，相互推荐有价值的书籍和好的文章。

想让孩子多运动，家里得有一个运动型的好伙伴。创造条件与孩子一起去户外，打球、跑步，因为锻炼身体对于父母来说同样重要。

3. 基于教师和家长双重身份的"高人"

2004年下学期到2006年上学期的那一段时间里，因为工作需要，学校让我暂时成了一名语文老师，要对中年级小学生进行写作启蒙教育。而同时，我也是一个五年级孩子的妈妈。在那一段时间里，我写下了很多小文章，教学随笔、教育故事，还有生活感悟。我把这些小文章上传到博客，念给我学校和家里的孩子听。现在回想起来，我其实同时在做我的学生和我的孩子身边的一个痴迷于文学创作的"高人"。当然，我远远没有李再湘老师的功底和才华，所以我把这件事戏称作"写字"。

有一次，学校组织《爱，是一种责任》的征文活动，我上交的是一首长长的诗歌。因为当时的课堂教学内容正是诗歌，我满怀激情地将自己的长诗念给我的学生听，让他们感受写诗歌是一件多么享受的事情。接下来的一次写作练习，题目为《我们的校园》，李昌霖同学居然也选了诗歌作为体裁，在我的带领下，班上涌现出了一批小诗人。

我还把儿子的作文引用到自己的文章里，儿子在我这种"明目张胆"的炫耀下对写作更加自信。合作案例如下：

与儿子一起出游

鹜鹜11岁了，不再是我的小尾巴，而是一个既能用来讨开心又能用来依靠的最合适的旅伴。

我们穿着同样花色的沙滩服，都背双肩背包。儿子管吃管玩儿（买零食买门票），我戴着墨镜撑着太阳伞慢悠悠地跟在后面，上下飞机时那个带着滚轮的大旅行箱，也由他全权负责。回想曾经经历过的出差与夏令营活动，我都从未有过如此轻松与快乐的感受。"有儿子真好！"我由衷地感叹。写游记的任务也被鹜鹜抢走了。

亚龙湾

今天，我们来到了美丽而又神奇的亚龙湾。这里的海可真美啊！金黄的沙滩，碧蓝的海水，雪白的浪花。大海更像一个技术高超的魔术师，海面风平浪静，像轻柔平滑的软缎一样，在阳光的照射下，湛蓝的海水泛起点点金光。突然，平静的海面露出狰狞的嘴脸，像一锅烧得滚烫的水，猛烈地沸腾起来。顷刻，狂风驾着奔涌的浪头，呼啸着扑向岸边。湛蓝的海水骤然改变了颜色，白色浪花腾烟起雾，搅了一切。这里的海可真是千变万化，绚丽无比啊！

来到海边，当然少不了潜水。妈妈买好了票，我穿好了潜水服，经过半个小时的等待，我终于来到梦寐以求、神奇美丽的海底世界。调整好呼吸后，我便沉入了大海之中。水下可真美，五颜六色的珊瑚、各种各样的热带鱼……看得我眼花缭乱。

我和教练越潜越深，慢慢地，海水颜色又变深了一些，但依然可以看到我们团里的伙伴。我刚想去抓一条热带鱼，突然忘记咬紧呼吸器，喝了几口海水，只好要求教练马上让我紧急上浮。好不容易潜到那么深，却半途而废，我不甘心，又使劲儿向下游去。教练却慌了起来，害怕我游远了出事故，紧跟在我后面。我随着小鱼群游来游去，可怎么也抓不到它们。游了半天也见不到海星、海参，在我周边的，只是一些小鱼群，渐渐地我觉得没什么意思了。

突然，前方游来一条如我小提琴大小的鱼，游起来十分笨拙。我想这鱼一定好对付，刚准备去抓它，哪知它突然来个急转弯，跑了。

正当我兴致勃勃时，教练告诉我说时间已经到了。

"如果你想像雄鹰一样翱翔天空，那你就要和群鹰一起飞翔，而不要与燕雀为伍；如果你想像野狼一样驰骋大地，那你就要和狼群一起奔跑，而不能与鹿羊同行。正所谓画眉麻雀不同嗓，金鸡乌鸦不同窝。这也许就是潜移默化的力量和耳濡目染的作用。"

让我们的老师和家长都来做孩子身边的好榜样吧，营造出"高人"环境，以促进孩子茁壮成长，这才是教育艺术的真正体现，比简单的"高高在上"的管教更能取得良好的教育效果。

浅说人工智能时代的教师观

曾看过一些介绍机器人教师的文章，也听过相关讲座，大致都在传递一个信息：未来教育将是人类教师和人工智能教师协同共存的教育。这样的信息引发了我对以下问题的思考：如果学校既有机器人教师，也有人类教师，那么人类教师存在的价值与意义是什么？

我们首先来思考教育的职能。学校的具体任务是培养学生，教育的终极目标是生命的幸福。而生命的幸福与很多因素相关，知识的积累只是其中之一。越来越多的人认识到，培养学生的意志力、专注力、思维能力、交往能力、合作能力、积极情绪、优良品格等比学习知识更重要。知识的积累，大多可以由机械的传授甚至自学来完成，机器人可以起到这些作用。而在儿童的成长时期，无论学习能力、思维能力、交往能力、合作能力、积极情绪，还是优良品格，都需要靠人的心灵来培养，需要教师用心灵来唤醒学生们的心灵。以下我举几个自己教育教学中真实的案例来进行说明。

1. 教师是善于启发学生思维的点灯人

两千多年前，柏拉图的教育哲学就提出"回忆说"，他认为人的学习需要哲人或老师的唤醒。在这句话中引起我共鸣的关键词是"唤醒"。我认为学习就是这么一件精妙的事情，正如著名特级教师曾宝俊老师所说的那样，一切疑难问题的背后，都有一个深邃和幽静的境界，顿悟之后，便能达到真正的觉醒。

有一次，我带领孩子们做水结冰的实验。在烧杯里装一些冰盐混合物，将一个装有水的试管插到冰盐混合物中间，几分钟后，试管中的水开始结冰。同时，还让学生手持一个温度计插入试管的水中，来测量水结冰时的温度。实验完成后，孩子们整理实验器材，他们试着将温度计拿出来，结果被冰冻住了。怎么办呢？我没有直接告诉他们用什么办法取出温度计，而是笑着说："停停停！把劲儿使在温度计上，温度计会坏掉的。能不能想想其他的办法呢？"孩子们一时不知道该怎么做，经过思考之后，他们就想到了"把劲儿使在冰水上",“给冰水加温,冰融化以后,温度计不就可以取出来了吗?"有的孩子还说:“不用温水也行啊,把这个装置放一段时间冰自然会融化,温度计不就可以取出来了吗?"我一边夸他们的办法好,一边告诉他们:“从不同的角度看问题,用不同的方法解决问题,这就是侧向思维啊。我们遇到问题的时候要多用侧向思维。"

在这个案例中,教师不是在"教知识",而是在"教聪明"。当孩子遇到困难时,如果教师只是简单地帮他解决问题,孩子就只能获得解决这一个问题的方法,很难培养解决更多问题的能力。正如苏格拉底所说:"教育不是灌输,而是点燃火焰。"

2. 教师是带领学生走进丰富而美好的精神世界的引路人

苏霍姆林斯基说:"没有爱,就没有教育。"爱是教育的灵魂,只有融入了爱的教育才是真正的教育。

孩子需要爱,特别是当孩子不可爱的时候。

比如一位女孩子不喜欢学科学,上课无精打采,我便利用下课休息时间找她聊天,问她的兴趣爱好。她喜欢弹钢琴,于是我经常跟她谈谈相关的事;她的科学学习有困难,就多问问细节,给予她热情的鼓励。孩子感觉到我很喜欢她,她也很喜欢我,由此也慢慢地喜欢上科学课了。

比如班上有一个孩子突然变得爱插嘴,科任老师纷纷告状说他一上课就大喊大叫。我反复思考,他为什么突然改变?于是我询问他家里的事情,原来他妈妈最近又生了个小弟弟,大人们几乎把所有的时间和精力都花在小婴儿的身上,而忽略了他。我想他可能是产生了很强烈的失落感,插嘴就是想要获取存在感,想要引起同学和老师的注意,以获得心理平衡。于是我巧妙地设计了一些做法,让孩子重新获得心理安全,让他找到存在感。同时,我细心地引导他学会像父母那样呵护和关爱小弟弟。此后,这个孩子的心灵茁壮成长,成了一个爱心小天使。

只会传授知识的机器人,在这些方面是不能取代真正的教师的。

基于此,可以获得文首问题的答案:那些比较简单的课堂教学可以由机器人教师来完成,如传统的讲授、学生练习和考试课等。这样可以把教师从繁重的教学中解放出来,多做一些深层思考。人类教师存在的意义与价值是什么?教师不仅要向学生传授知识,更重要的是要能激起学生的学习动机，教会思维方法，关注学生的心理健康和人格品质的发展。由此获得一个重要的理念：只有不局限于知识的传授，教师才能不被人工智能所替代。会不会有那么一天，人工智能技术可以达到让机器人教师也拥有人类教师的品格和心灵？这个问题我们暂不讨论，我们先着眼于眼前的思考。毋庸置疑，人工智能时代的到来，会迫使教师更多地思考职业的价值与意义，思考教育的本质。

教师要做"不特殊论者"

看过万维钢老师的《你有你的计划，世界另有计划》，这本书用理工科的思维，给我们描绘了一个看似反常、实则靠谱的真实世界，教我们更好地掌控自己的人生。

下面第一部分是我的笔记，第二部分是我的点滴思考。

笔记：

我们每个人都生活在自己给自己讲的故事里。所有好故事里都有一个英雄，有一个历经奋斗而战胜敌人的主题。虽然中间会有些冲突，但总会有个完美的结局。我们付出了努力，做出了牺牲，所以我们应该收获很好的回报，这样的结局才是公平的。我们每个人都会这样想。但是真实世界不是故事，真实世界没有主角。

罗曼·罗兰曾说："世上只有一种真正的英雄主义，那就是认清生活的真相后，依然热爱生活。"事实上大多数热爱生活的人之所以热爱生活，是因为他们一直生活在小日子和小故事里，他们处理不了真相。因为了解真实世界，是需要勇气和智慧的。

一个人如果学习了科学知识，掌握了科学方法，他会是怎样的一个人呢？我认为除了聪明和能干之外，他还会拥有一些优良品质，其中一个品质就是不特殊论。历史上的科学进步有一个主题，就是人类不断地意识到自己的"不特殊"。中国人曾说，人是世间万物之灵长；西方人曾说，上帝创造这个世界是为了人；古人认为人是特殊的。

人的确是高级动物，但并不特殊。其实我们之所以高级，也不是因为天命所归，主要是因为运气好。读过罗伯特·弗兰克的《成功与运气》，你就知道个人的成功在很大程度上也与运气有关。

现在很多的成功人士，不管有多厉害也没有表现出狂妄自大的姿态来，那是因为他们还保持着一种智识上的谦逊。他们就是不特殊论者。

不特殊论者首先要有人人平等的观念。世界不是因你而存在的，不管你做了多少贡献，世界的运行也基本上跟你没有关系。

不特殊论者的反义词是"巨婴"，他们认为地球是围绕着他们转的。如果巨婴始终不长见识，就永远不会成为不特殊论者——他们可能会变成"弃婴"。弃婴认为自己被世界抛弃了，会完全失去信心，也不再对世界提出什么要求了，甘愿做个边缘人物。

相比于以上两种，不特殊论者有一个竞争优势：他能从别人的视角去考虑问题。不特殊论者有一个原则，就是把别人的需求和自己的需求放在一起通盘考虑。再进一步，还会把这个世界的运行状况和自己的计划联系在一起通盘考虑。

思考：

《你有你的计划，世界另有计划》这本书中的理论甚至可以和我们的教育教学工作联系起来。一个不特殊论者的教师，会让自己在工作过程中身心更加愉快。很简单的方法就是，不要总是站在自己的角度来看待问题。比如为自己教得很辛苦，孩子仍然不认真而生气时，不如站在学生的角度想一想，是不是内容难度太大，孩子听不懂，还是太浅显，孩子觉得没意思？抑或是孩子注意力强度或时间已经达到了极限？这时候可以运用更理性、更智慧的方式来解决问题。

有一个真实的故事。学校的屋顶农场被两位学生破坏了，刚刚种下菜种的两块菜地被挖成了一个"小池塘"，负责管理菜地的科学老师通过监控系统查到了这两位学生，他们的一举一动被看得清清楚楚。我问这位老师："你生气了吗？""非常生气。"是呀，师生一起辛苦挖地播种，结果被破坏得一塌糊涂。"其实没有我们想的那么严重。喜欢玩水、玩泥土是孩子的天性，每个人小时候都有过类似的行为，他们是情不自禁的啊。"我笑着说。还真是这样。视频里可以看到两个学生一开始是在认认真真地浇水，浇着浇着，突然就玩了起来，一发不可收拾。所以在这种情况下，我们应该理解学生，不能简单粗暴地批评和处罚他们，要让他们自己反思为什么不能这样做，认识到错误后将菜地修整并补种。老师不必生气，但学生应该为自己的行为负责任。不特殊论者的老师不会凭着一己的情绪来处理问题，他能以更加平和的心态来实施教育行为。

能站在学生的角度去思考问题，是教师教育智慧的开始。

（二）读书有利于提高学科教学的能力

《探究式科学教育教学指导》读书笔记

教师对科学的理解，对科学教育的理解，以及他对探究式科学教育的理解，直接影响到科学教育的实施，影响学生学习的质量。科学教师必然需要相关的理论与实践指导，韦钰院士和加拿大罗威教授合著的《探究式科学教育教学指导》就是这样的一本书。

这本书出版于 2005 年，其中的一些论述在今天仍然被我们所强调。比如：什么是科学呢？通常科学指近代科学，一般把伽利略的研究工作和他对实证方法的确立，看作是近代科学诞生的标志。科学原来指的是自然科学，20 世纪 90 年代，联合国教科文组织重新明确了科学的范围。按照联合国教科文组织给出的定义，科学包括自然科学和社会科学。在幼儿园和小学的科学教育里，我们探究的是自然科学领域的问题。再比如：科学和技术是两个不同的概念，科学是在认识世界中发现新的知识，而技术是在改造世界中发展新的手段。对学生进行科学和技术两方面的教育是很必要的。

该书指出，作为小学科学老师，我们不必去探究科学的确切定义，而应该去理解有关科学的主要含义。我们论及的科学至少包含科学知识，科学研究和科学方法、科学精神和科学态度等科学素养。小学科学课是以培养科学素养为宗旨的课程。

该书大力倡导探究式科学教育，提出探究式科学教育所包含的步骤大致可以分为：提出问题、推测和假设、设计实验、寻求实证、信息和数据处理、获得结论和表达。带孩子玩一玩纸飞机，不是探究，只是简单的制作。比一比谁的纸飞机飞得远，这也不是探究。要知道答案会涉及很复杂的因素，即使是科学家，也不能简单地求得答案。比如影响纸飞机飞得远和近的因素，至少有纸的材质和纸张的大小，手工折出的纸飞机的形状，飞机掷出手时用力的程度、方向和位置、当时的风速，有没有人围观，等等。这些因素无法简单地用量来描述，它们之间的影响，又不是简单的线性关系，什么原因导致纸飞机飞得远或飞得近，不能给学生清晰的回答和建立正确的科学概念。

如果用同样的纸折出来的两个不同形状的纸飞机相比较，看哪一个飞得远，这样的问题就变得可以探究了，因为这样比较的结果会很明显地显示形状会影响飞行的性能。

书中有一处内容给我留下非常深刻的印象。讨论探究式科学教育怎样引导学生进行观察，书中介绍了一个实际案例。诺贝尔物理学奖获得者、美国科学家费曼在回忆父亲对他的培养时，曾经讲了这样一个故事：

有一次一个孩子问我："看见那只鸟了吗？你知道它是什么鸟吗？"我回答："我一点儿都不知道。"

但是父亲教了我很多，父亲说："看那只鸟，它的名字叫×××；在意大利它叫×××；在中国它叫×××；在日本它叫×××（父亲给鸟取了不同的名字）；你可以知道用世界上不同的语言如何称呼这种鸟。但是学完了这些，你实际上根本不了解这种鸟，你只知道世界上居住在不同地方的人对这种鸟有不同的称呼。所以，让我们来仔细观察这只鸟，看看它在做什么，那是我们应该考虑的。"我很小就知道，知道某个物体的名字和某个物体之间的差别。

父亲说："看吧，这只鸟不停地在啄它的羽毛，它是不是一边走，一边在啄它的羽毛？"

"是！"

"鸟为什么要啄它们的羽毛？"

"可能是它们飞行时把羽毛弄乱了。它们啄羽毛，以便把它们的羽毛理顺。"

父亲又说："好吧，如果是这样，那么它们只需要在飞过以后啄一会儿，当它们落地一段时间以后，就不应该再啄它们的羽毛了。你知道我问你这个问题的目的吗？"

父亲又说："让我们仔细观察一下，它们是在刚刚落下时啄得最多吗？实际上要看清楚这一点，并不困难，比较一下那些刚刚落下的鸟和已经在地上走来走去的鸟，它们在啄羽毛上看不出差别。"我说："我放弃我的想法，那些鸟啄它们的羽毛，并不是为了整理羽毛。"

父亲和我一直讨论下去。

这个故事告诉我们，最重要的不是名字，也不是结论，而是要让孩子学会发现问题、设想并验证，不断地用实际观察的结果来检验自己原来的设想，来进行推论，不断深入地探究。

我们说，教育的终极目标是生命的幸福，探究式科学教育过程中的逻辑推理、实证求真，能够培养孩子的科学素养，让孩子拥有强大的理性思维，让他们的学习、生活和工作更加充满智慧，做事更有条理。在我们身边有一些人，因为逻辑思维和实证意识比较弱，他们在生活中会经常出错，容易上当受骗，而且会屡错屡犯。这就是缺乏科学素养导致的后果。

比如我们的身边有一些披着面纱的传销。当"上线"来做推广的时候，有的人通过自己的理性思考，一眼就能识破阴谋。但有的人，他仅仅只用自己的感性思考，只朝着自己内心想要的欲望走，在被抓住心理需求的情况下，对方怎样说，他全都相信，没有任何逻辑思维和实证求真的意识。

有这样一个真实的故事。有人在微信群里发了一个小视频，这个小视频的内容是：一只小狗能快速地识别藏有食物的杯子。主人准备四个杯子倒扣在桌子上，在其中一个杯子里放进食物，然后不断地快速调换各个杯子的位置，每次停下来的时候，小狗都能很快地找到那个放有食物的杯子。看到这个视频后，有的人感叹："小狗真可爱。"有的人夸赞："眼力真好。"但是有的人会进行逻辑推理：哪个杯子里有食物，我们人眼是无法分辨出来的，为什么小狗可以呢？小狗的视力与人的视力相比是没有优势的，那么小狗在哪个方面比人更有优势呢？是嗅觉。这应该是小狗的嗅觉在起作用吧！有的人还会会想到："这只是我的想法，到底是不是这样呢？我们得通过做实验来证明。"怎样设计实验呢？有的人甚至会想到设计实验的细节部分，如何严格控制实验条件。所以说科学素养强的人，他能够透过事物的表象看到本质。

科学老师用有趣的方式培养学生的科学素养，当然，老师自身要拥有极强的探究能力与创新精神。我在多年前的一次讲座中，与我们的科学老师共勉。当时我是这样说的："语文，语就是语言，文就是文字。我们能从很多语文老师的身上看到语文的光芒，那就是'出口成章，落笔成文'。那在我们科学老师的身上看到的光芒应该是什么呢？是探究与创新。在科学课堂内外，会发现很多新的问题，解决这些问题需要细致的思考，需要严谨的态度，需要高品质的探究与创新行为。"

实施探究式科学教育教学从自己开始。

消除误解，呼吁自由科学的精神

十多年前曾读过吴国盛教授的《科学的历程》一书，当时这本书作为普及性的自然科学史读物。十年后的今天，我又有幸通过网络学习了吴教授的《我们对科学有多少误解》。

2018年10月30日晚，科学史家、清华大学吴国盛教授在人文清华讲坛发表了以"我们对科学有多少误解"为主题的演讲，从科学史的角度，帮助观众澄清许多误解，通过追溯科学的起源，追问科学的本质，思考中国科学的发展方向。他提出，为了中华民族的伟大复兴，应该让科学精神扎根于中国文化的土壤之中，改良我们的文化土壤；应该在强调科学技术是第一生产力的同时，多弘扬自由科学的精神。

关于"科学"与"技术"。我想起了一个教学场景：我让孩子们明白，科学与技术不一样。我曾带领五年级的学生们研究了"摆的秘密"，我们通过对比实验得出结论，摆的快慢与摆绳的长短有关系，与摆锤的轻重和摆幅的大小没有关系。"你们知道这个规律是谁发现的吗？"我问。有学生说："伽利略。"我笑着说："还有你们呀，只是你们比伽利略晚了400多年。""伽利略研究摆的时候，是不是也像我们一样用钟表计时呢？"我问。"当时还没有钟表！""是呀，人类发明计时工具，经历了一个漫长的过程……"我接着说道，"时间来到了公元1564年，伽利略出生了。伽利略慢慢长大了，有一天，他发现了摆的等时性原理。他还认识到可以利用摆的等时性制造时钟，而且还设计了图纸，但并没有成功。后来荷兰的物理学家惠更斯利用伽利略发现的摆的等时性原理，于1657年制造出了人类历史上第一架摆钟。伽利略发现了科学，惠更斯发明了技术，他们一起推动了社会的发展。"就这样，孩子们在学习科学知识的同时，了解到科学发展的历程，他们能更好地理解科学和技术与社会的关系。

科学老师，快乐工作，浪漫生活！

我们要快乐工作

下午不上课，难得的空闲，在"探索博客"上看了几篇科学老师的文章。这些老师勤奋敬业，所做的点点滴滴都让人感动。但是也有很多老师重点强调了作为小学科学老师的苦衷和困惑："科学课，你在别的老师眼里算什么？""整理器材很烦琐，工作量太大，学生纪律难管，不像主课受重视。""科学课，爱上你有很大的烦恼！"……工作量大，不被重视，这两大问题，就是科学课主要的问题。

但即使是这样，科学老师们仍然执着于科学教学。科学课上要做分组实验又没有专职实验员的帮助，课前课后还有繁杂的器材准备和清理工作。有的老师这样形容："好比你一个人开了个每天要接待一两百人的餐馆，洗盘刷锅摆上桌，一茬又一茬……"看了这一句，我忍不住笑出声来，高声朗诵一遍与办公室其他老师分享，然后打字回复："呵呵，真好玩儿。"我也是课时多多，每天的接待多多。但我的客人会自己洗盘子刷锅，每次我还要评比谁的盘子洗得干净。帮助学生养成好习惯，同时可以省去一些不必要的麻烦。在我们的鼓励下，孩子们一定能做到每次实验过后认真清理器材。小学生需要训练，需要等待，培养好习惯是一项长期而复杂的工程，但只要你用心了，慢慢来，不放弃自己的坚持，总会得到你想要的结果。比如我们可以建立评价制度，让学生们进行自主管理。每次课后安排责任人给实验组的卫生状况、器材清理及课桌椅整理打分。

为了高质量完成繁重的工作，我们科学老师一定会想出更多的办法，加强资料收集意识和系统管理意识，提高工作效率。磨刀不误砍柴工，精通教务管理之后，我们会有更多的精力与时间去设计和享受课堂。工作量大，我们不怕，因为我们是像科学家那样有能力的科学老师！

"应试教育大环境下，大家都不够重视科学课，家长不让孩子做自己喜欢的科学作业。"老师们在博客文章里这样写道。这也是一个真实的社会现象。孩子从小被功利所迫,不能做自己感兴趣的事情,专注力得不到自然的发展,长大了往往很难执着于自己的追求。我们可以采用各种方式与家长沟通。比如我在寒假开展"人工条件下的蚯蚓越冬"活动之前,先给家长们写了一封信:

××同学的家长:

您好!

很开心地告诉您,您的孩子聪明,有好奇心,喜欢探究,被选拔参加今年寒假的"蚯蚓越冬"活动。通过对蚯蚓的饲养、观察和实验,培养孩子的观察能力、表达能力、想象能力、设计实验与分析实验的能力,帮助孩子提升以下素养:尊重事实、善于思考、乐于探究、积极创新、关爱生命、爱护环境……孩子可以在以下任务中选择自己感兴趣的一项或多项来完成:

1. 帮蚯蚓安全过冬。

2. 自己提出一些有关蚯蚓的问题,并想办法解决这些问题,如上网查找答案、坚持细心观察、自己设计实验进行探究等(在爱护蚯蚓宝宝的前提下,可以做自己想要做的研究)。

3. 拍照或摄像(蚯蚓休眠时候的样子、运动时候的样子、做实验的过程,等等)。

4. 写观察日记或科学小论文。

5. 设计有关蚯蚓的知识卡片。

所有优秀作品将于下学期在学校大厅展出。

作为家长,希望您能给予支持与帮助,鼓励孩子出色地完成这一份特别的作业。为了孩子的全面发展,我们一起努力!

非常感谢!

孩子的科学老师

家长们了解到活动的内容与意义之后,非常支持孩子的饲养活动。我们给"一百名蚯蚓养殖户"召开动员大会,并发放"蚯蚓领养证",大家都迫切地盼望寒假能快点到来。

"工作量大,不被重视"之外,科学教学当中还会遇到各种各样的困难。比如孩子们会随时提出让你意想不到的问题。我们可以创设"问题库"来收集和整理所有的问题,培养学生提问题的能力和解决问题的能力。比如孩子们一进科学教室就很兴奋,组织教学比较棘手。我们可以开展微型课题研究,找到各种培养学生好习惯的方法与途径。我们要感谢教学中的诸多困难，正是这些困难让我们越来越强大，正是这些困难使我们的工作富有乐趣。在"兵来将挡，水来土掩"之后，每天都可以开开心心地与孩子们一起玩儿，经历一个又一个探究的过程，做一名科学老师，是多么快乐啊。

我们要浪漫生活

有一次，我给大家讲一个我在书中看到的故事。

一天，一群生活在水里的虫子说起它们的伙伴"神秘失踪"了，一个个忧心忡忡。它们都想知道，伙伴们到底上哪儿去了。于是，小水虫们相互承诺，如果有谁再神秘失踪，一定要找机会回来，告诉大伙儿它的去向。

一周后，一只小水虫爬上了睡莲叶子，很快就变成了一只蜻蜓，它抖动着翅膀腾空而起，在明媚的阳光下尽情飞舞。它无比快乐，无比欢畅。飞着飞着，突然想起在水中的那个承诺。它得回去告诉它的同伴们，自己过得很快乐。它使劲儿朝水面飞去，想重新进入水中，可是多次尝试，都没能成功，水面像一堵厚厚的无法穿越的墙，永远地挡住了它的归途。

蜻蜓对自己说："我真的好想信守承诺，可是，我无法实现。即使我回去了，伙伴们也不认识我了啊。我想，只有到那一天，它们都爬上睡莲叶子，就会知道我去哪里了。"

"有人用这个美丽的故事去安慰那些刚刚失去亲人的朋友。也许逝去的人在别处生活得很好，只是没有办法回到从前的世界，没有办法告诉我们。"我说。

听到这里，满座哗然。支持者："好啊，多美多浪漫。"反对者："你是科学老师啊，这个你也相信吗？""感受到故事的美好和相信它的真实性是两码事。"我说。

是啊，我们是科学老师。在工作中，我们与学生一起经历科学探究的过程，思维是多么理性，态度是多么严谨。但是我们仍然可以拥有感性思维，我们可以让自己的心灵更丰富一些，发挥不羁的想象，拥有更多的浪漫。也许，花开花谢，云卷云舒，在科学老师的眼里更如诗画一般美妙。因为我们是像科学家那样聪明的科学老师。

《形式逻辑》读书笔记

我经常跟学生说，安静就像一个玻璃瓶子，一不小心就被打破了。我们要珍惜安静，不该讲话的时候一个字也不能说。上课铃声响起，孩子进行科学阅读和记笔记的时候，只要一有声音，我就会在黑板上写下"珍惜安静"。这四个字也深深地刻在我的心里。它不仅指不说话，还表示守住一种心灵的安静。为人师，亦要珍惜安静，守护好我们的玻璃瓶子。

刚刚过去的这一个月异常忙碌，主题赛课，课题申报，接待各种参观学习，外出参加各种会议，其间还要指导青年教师上课，但因白天抽不出时间，就让这位老师拍下视频，我在晚上来观看，并与她交流到深夜。在这种公务繁忙的状态下，无论我怎样努力，都无法享受安静。直到今天，我上完课回到办公室，发现居然没有要必须马上完成的事务。我瞬间欣喜，因为又可以享受安静了。我的安静，是指可以任思想自由驰骋，没有任何事物能够干扰到它。这一次，我拿出了《形式逻辑》这本书。就在上个月，我请到了一位课题专家来给我们的课题方案做指导，专家建议老师们认真学一学形式逻辑，我深有同感。因为无论是文科老师还是理科老师，写文章是我们必须要做的事情。而事实是，大家往往写不好文章。最大的问题表现在怎样遵守形式逻辑的规律和规则，使思维具有有条理的、可理解的性质。于是我捧起了这本书。我看书有一个习惯，一边看，一边在自己认为重要的部分加上下划线，最重要的部分画上星星。以下是《形式逻辑》这本书里面我画星星的部分。

1. 形式逻辑是研究思维的形式及其规律的科学。他在研究概念等思维形式时，并不去研究他们所反映的具体内容，因为那是各门具体科学的任务。

2. 形式逻辑是思维的语法。正如只有遵守语法规则，才能使语言具有一种有条理的、可理解的性质一样，也只有遵守形式逻辑的规律和规则，才能使思维具有有条理的、可理解的性质。

3. 学习形式逻辑知识可以帮助人们应用适当的思维形式，合乎逻辑规律地表述和论证自己的思想。
……

看完每本书后，我常常会写下自己的感悟，哪怕是三两句话我都会认真地写在本子上。看了这本书之后，我的感悟是：

1. 文章和文件都应当具有准确性、鲜明性和生动性。上一堂课何尝不是如此，一堂好课也一定是准确的、目标鲜明的、生动有趣的。

2. 《形式逻辑》是一本让我走出阅读舒适区的书。读它的时候需要反复思考，甚至有的部分百思不解。当我的思维不够清晰的时候，就会跳开让我恐慌的部分，找到最近发展区的部分。我期望随着最近发展区的不断更新，把书读完。当我用学习到的逻辑理论去分析一篇文章时，去检查自己的课堂时，才真正地理解它，当我不自觉地这样做时才真正掌握了它。《形式逻辑》这本书对于我来说是舒适区以外的部分，我知道，要真正读懂它需要一个长期的过程。

3. 因为读了这本书，我在工作中关于"逻辑"有了更深刻的理解。

比如我在《我给美国孩子上科学课》一文中，先是写了一句："美国孩子在学习过程中，有一些表现出乎我的意料之外。"但是我马上警觉这句话有概念不明确的问题。"出乎意料"这个词语表达的应该是"在意料之外"，说"出乎意料之外"，就等于说"在意料之外之外"，显然是说不通的。"有一些表现出乎意料"才是正确的表达。

比如我在教学《磁铁能吸铁》这一课时，学生通过实验发现了铁制品做成的物体能被磁铁吸引，我不会因此做出结论"能被磁铁吸引的物体就是铁"，而是引导孩子"磁铁能吸引铁材料做成的物体"，并给孩子们提供阅读资料，让他们思考"除了铁以外，还有哪些材料也能被磁铁吸引呢？"帮助他们认识被磁铁吸引的是铁。但并不以能被磁铁吸引来判断物体是不是铁。

在接下来的活动中，我提供一些硬币，并标注这些硬币的成分，让学生推断哪些能被磁铁吸引。这里包含了三段论的运用：磁铁能吸引铁做成的物体，1号硬币和4号硬币是铁做成的，所以1号硬币和4号硬币能被磁铁吸引。这是符合逻辑的，这是一个演绎推理的过程。如果让学生用磁铁吸的方法来判断硬币是不是铁做成的，可能会出错。很简单，如果做成硬币的材料里不含有铁，而含有钴、镍等，同样也能被磁铁吸引。

二、教书人

我的很多徒弟在调往其他学校的时候，给我发短信，说要记住我对他们的期望，做"有情怀，能吃苦，会思考"的老师。其实这也是我一直以来对自己的要求。

做有情怀的老师，家国情怀、教育情怀、爱学生、爱工作。我的身边有许许多多的好老师、好榜样。他们每天要承担各种各样的教育教学任务，如果没有满腔热爱，是不能胜任这份工作的。心中怀有教育的理想与信念，就可以转化为强大的意志力，帮助我们克服重重困难。

要努力工作。当我们处理海量信息的时候，大脑就会高速运转，判断哪些信息是有价值的，全面分析，理性判断。无论是生活、学习，还是工作都要尽量避免松散状态。因为在松散的状态下，只能处理很少的信息，对信息的分辨能力和加工能力越弱，我们就越无法获得进步。人生亦如一场战争，唯有战胜自己的惰性，横刀立马往前冲，才能收获无限风光。努力工作收获的最好风光就是精通。精通工作才能够让我们达到享受工作的境界。年轻的时候我们会因为新鲜感而投入工作，但很快就会面临职业倦怠。精通工作就是克服职业倦怠的利器。如果我们再坚定地走下去，努力工作的收获岂止如此。

要勤于思考。当我用"教书人"这个词语的时候，心里想到的是四个字"教书育人"。有人说，教育就是当你忘记一切所学的知识之后所剩下的东西。我想，应该就是品德情操、了解新事物和解决新问题的能力等。那么，我们今天的教，是为了学生今后不用老师教，是为了学生终身的发展。因此我们要做教书育人的好老师。每个孩子都不一样，教书育人需要智慧，不能简单与粗暴。但是老师们工作繁忙，大脑的能量有限，怎样保障思考的品质呢？我们可以养成好的思考习惯，坚持进行深度工作。比如清空坏情绪、减少记忆损耗。爱思考的人并不一定有智慧，所以我们要终身学习。

在这一章节的内容当中，我会与大家分享我自己教书育人过程中的情怀、努力与思考。

（一）我的教育故事

快乐工作的小秘诀

1. 获得幸福的能力

我们用什么样的心境去看世界，决定着我们看到的是怎样的世界。在生活上，想着家人的优点度过每一天；在工作中，想着学生的可爱度过每一天。平平安安我所幸，忙忙碌碌即是福。生命包含着更广阔的意义，不在于我们得到了什么，而在于我们的心灵是否充实。

这一周外出开了两个会议，为迎接工作室考核一直埋头整理资料，以至于周五下班的时候还没有做好下一周的教学准备，于是我决定留下来加班。由于第一次使用新购买的教具箱，我需要重新摸索演示教具如何操作，学生的分组实验也需要自己先做一遍。滑轮该配备哪种规格的钩码、哪种测量范围的弹簧测力计？吊绳需要怎样的长度？安装滑轮组有没有问题？孩子不会给绳子打结怎么办？为达到更好的教学效果，安排两人一组、三人一组，还是六人一组？仪器数量够不够？因为钩码的小钩弯度不够，导致挂不住另一个钩码，我用虎口钳逐个处理了一遍。因为有一部分测力计的弹簧和面板变形，导致测量不准确，我又一个个进行校正。基于所有器材的特征和最后确定的分组方案，我还将PPT做了一些修改。尽管已有多年的教学经验，让我的思考与行动已足够敏捷，但做这些事仍然花费了两个多小时。当我美美地憧憬着下周的科学课，满怀欢喜地望向窗外时，已是漆黑一片。正准备离开实验室的时候，教研组的谢老师走了进来，"我以为教室没有关灯呢，原来是张老师在这里。"我猜到她是在屋顶农场整理菜地，所以也没有按时回家。谢老师是一位孩子仅八个月大的宝妈，她还需要驾车一个小时才能回到家里。此刻想起身边的几位年轻人，个个都是勤奋工作的好老师，我的心里满怀着感动与感激。他们也是我的学生、我的孩子，年龄与我儿子相仿，并且一样坚强、自律，乖巧懂事。

记得前两天编制内的老师要完成在线学法考试，但考试时间已经到了，我还忙于整理汇报材料，在工作群发消息。一位老师提醒我说："张老师，现在要开始考试了。"我急忙询问操作方法，突然我的办公室门口跑来两位年轻老师，一人手里抱着一台笔记本电脑："张老师，我们来帮你。"

命运对我的厚爱岂止如此。

2. 理解和认同"瓦拉赫效应"

奥托·瓦拉赫，德国化学家，于1910年获得诺贝尔化学奖。他的经历告诉我们，成功的诀窍在于经营自己的个性和长处。

教师不要狭隘地要求每一位学生都在自己所教的学科达到优秀。在行为上，我们应该尽职尽责地引导每一个孩子在自己所教学科的发展；在思想上，我们却要明白一点：每个人的智能发展都有强项和弱项，"东方不亮西方亮"，一旦找到自己智能的最佳点，使潜力得到充分发挥，即可取得惊人的成绩。现代社会分工日益细化，并非均衡发展，而是某方面有特殊才能的人更容易获得成功。所以，如果一个孩子在我们所教的学科表现非常优秀，我们一定要给他提供施展才能的机会，我们的"特别照顾"会帮助孩子埋下理想的种子，这是一种可贵的职业生涯教育。如果一个孩子在我们所教的学科表现平庸，我们也不必失望，可能他另有长处。如果一个孩子在我们所教的学科表现极差，他可能有着某项卓越的才能。我们能如此看问题的话，就不会有恨铁不成钢的烦恼了。

为人之师，不能放弃的是对学生品行的要求，我一直认为非智力因素的重要性远远大于单一学科的学习成绩，比如自律能力、善良感恩的心、不怕困难的意志、团结合作的精神，等等。如果说知识技能的培养需要扬长，那么品德习惯的培养就需要补短，重视孩子非智力因素的培养，作为家长更是应该如此。

3. 勤于思考，享受灵感

深度思考经常会有"走不下去"的时候，这时候我们可以先把问题放下来，留存在自己的潜意识里，在某个顿悟的时刻享受惊喜。因为人在困倦的时候，思维能力也会受影响，需要锻炼或睡眠之后才能恢复。

享受灵感是一件可遇不可求的事情。记得有一段时间我在思考我的"牛顿色盘",想要把课设计成一个STEM项目。在项目学习的过程中,培养学生的技术思维和工程思维。课间的碎片时间在想,似乎有一些灵感飘忽不定。晚上散步的时候也在想,当倦意袭来,就放弃了思考,像往常一样打开APP听书。一边散步,一边听书,是我近年来养成的习惯。第二天早上六点醒来,在网上查到一个牛顿色盘的颜色分配比例。当然,还不知道它的精确性如何。我的头脑中忽然闪现出一个完整的STEM项目设计,正在想着如何把环节串接起来,时间已经是七点十分了。我赶紧起床,洗漱完驱车去学校。同事娟娟像往常一样,中途搭上我的顺风车,她找我闲聊,我却完全没有心思理她,我一直在想着我的课。因为一个系列的探究活动在自己的思想里诞生,这是一种无法言说的快乐,在那个时刻我禁不住泪盈满眶。亲爱的朋友,你懂我的快乐吗?

爱的教育（一）

"猫的性格实在有些古怪。说它老实吧，它有时候的确很乖。它会找个暖和的地方，成天睡大觉，无忧无虑。什么事也不过问。可是，它决定要出去玩玩，就会出走一天一夜，任凭谁怎么呼唤，它也不肯回来。"我特别喜欢老舍先生的这一段话。我其实很想做一只任性而懒散的小猫，却始终在过着最严肃的生活。我常常想突然失踪，一个人去听风望月看大海，而现实的我却只能每天待在家里做家务带孩子，我最羡慕将艺术和玩儿当作自己终生职业的人，然而我却被选择做了一个教书匠。

我一直在看孩子们喜欢看的书，我的床头满是各式各样的童话。有时候我自己也会在笔记本电脑上敲出一篇篇文章。我将我和孩子们的教育故事，用随笔的形式记录下来。尽管埋头在忙碌的日子里，我仍然还是像那些可爱的小猫，坚持着自己的闲散心情。

我最喜欢的是科学课，而现在学校需要我做的却是教语文和当班主任，在这一段时间里，我收获了不一样的教育教学经验，收获了不一样的爱。

奖罚分明的张老师

每一个老师都深深地明白：很多时候，孩子知道应该怎样去做，只是管不好自己。所以教育，也需要适度的惩罚，让孩子承担犯错的后果。惩罚是一门艺术，要想起到最佳效果，对于不同的孩子，有不一样的时机和方式。应该坚持的是以爱为出发点来实施惩罚，这样才能获得更好的效果。我想让孩子们懂得：严是爱，松是害。宣布惩罚之前我只简简单单地说："又让老师操心了，不爱老师啦？又对自己要求不严格了，不爱自己啦？"孩子会很愧疚地低下头，心甘情愿地接受惩罚。惩罚的根本目的是让他明白老师要求严格是为了他好，期待他能改正错误。即使他态度很好，惩罚之后也不要立即予以表扬和肯定，这样才能强化惩罚效果。

　　班级的管理，由制度来实施。表扬和批评，奖励和惩罚，都做到恰如其分。语文课、科学课亦是如此。有一件真实的事情：一个新学期开学的第一节课上，一个孩子告诉我，他的妈妈曾经是我的学生，他妈妈跟他说："张老师是奖罚分明的老师。"还有一件事情：我有一个特别的奖励，就是为孩子实现一个愿望。比如，做一次值周班长、出一次黑板报、玩一次游戏……我启发他们说，还可以让张老师背你在教学楼跑一圈。他们都异口同声地说："谁敢？！"

爱的故事

　　有一个孩子叫小志，是一个心智不太成熟，不太懂得关心他人的孩子。我每天坐在他身边吃饭，有时候他喜欢吃的菜没有了，我会把自己碟子里的那一份夹过去给他。突然有一天，他做了一件我认为很了不得的大事，我把这件事写下来，念给其他孩子们听。

2005 年 11 月 23 日 星期三

　　今天早上，我被小志感动了。

　　看完早操后，我走进了食堂，像往常那样静静地坐了下来。"又吃粉！"一边在心里埋怨着，一边拿起筷子。餐桌突然动起来，翘起一角，盘子里的油汤差点儿溅到我身上。还好，幸亏我身手敏捷，所以有惊无险。

　　小志就坐在我旁边，他看到这一切，不动声色地转身离开了。但是很快又回来了，拿着一根筷子插到了桌脚底下，轻声说："好了！"

　　简简单单的一句话，简简单单的一个动作，深深地打动了我。

　　小志，老师感谢你！

爱的教育（二）

白雪公主和七个小矮人

凌凌，他的爸爸和妈妈离婚了，单亲的家庭环境和妈妈的暴躁性格，导致这个孩子变得极端任性。他的脸色和眼神总给我们一个这样的错觉：每一位老师和同学都是他的敌人，箭在弦上，一触即发。开学几天来，他就把班上所有的同学都得罪了。想要改变这个孩子的性格，必定是一场异常艰辛的持久战，我需要班上每一位孩子的帮助。三年级的孩子心智还很不成熟，说教是毫无用处的，所以，我选择了他们喜欢的童话故事。一天下雨，户外文体活动被取消，凌凌则被数学老师叫到办公室补作业。我抓住这个机会，给孩子们播放了迪斯尼经典故事《白雪公主》的电影碟。我一直惊叹这部动画片的唯美境界，画面、音乐、人物、动作，都是那样精妙绝伦，即使像我这样的成年人来看它，也是一种心灵的享受。故事中七个小矮人都有着独特的个性，其中一个叫"爱生气"，噘起嘴巴横眉冷对、暴跳如雷的样子，像极了凌凌。我在孩子们看得津津有味的时候，断然摁下了暂停键："同学们，白雪公主和小矮人们玩儿得多开心呀！他们有没有嫌弃'爱生气'，丢下他一个人不管呀？""没有！""嗯！从今天开始，老师来当白雪公主，大家也都向那些可爱的小矮人学习，一起帮助凌凌，让他跟'爱生气'一样，能把坏脾气改好了，行不行呀？"全班的小朋友都连连点头。

以后的学习生活中，我和孩子们一起营造温馨和谐的班级氛围，通过我们情感熏陶、正负强化，凌凌慢慢有了一些改变。但是，每当周日回校，又会出现情绪变化无常。因为孩子的妈妈总是以简单粗暴的方式对待孩子的错误，她同样需要教育。于是我主动打电话给她，告诉她，在我的心里她孩子有多么可爱，我喜欢她的孩子。我很心疼他因为这样的性格交不到朋友。告诉她为了纠正孩子的极端性格，我做了许多工作。最后她的妈妈被感动了，她说："张老师，跟您相比，我很惭愧啊，今后我一定好好控制自己的脾气。"在大家的共同努力下，凌凌由让我感觉最头疼的学生，变成了进步最大的学生。那曾经扭曲的小胖脸不断展现出的灿烂笑容，就是我所获得的最大的回报。

给东东爸爸妈妈的信

东东，一个智商情商都比同龄孩子发展要慢一些的学生。因为他的"懒虫妈妈"和工作异常忙碌的爸爸放任不管，他的学习成绩和行为习惯都比其他同学差一些，因此"被转学"到我们学校。他的父母深知自己的孩子有很多问题，是天天要给老师添麻烦的，总是回避老师。但我没有放弃对他的教育，经常主动给他的爸爸妈妈打电话。尽管他还会犯错，我都不会告诉他的父母，而是以爱孩子为出发点来让他们知道孩子是无辜的，他变成今天这样，家长也有着不可推卸的责任。暑假之初的家长会，他的父母都没有参加，东东跟我说："爸爸要上班，妈妈肯定又睡懒觉了。"于是我提笔写下了这样一封信。

东东的爸爸妈妈：

你们好！

  关于东东的学习情况，一直渴望与你们倾心交流，但深知你们工作繁忙，而我平时也都处在满负荷的状态，所以总是未能如愿。为了东东的成长与进步，我写下这一封信，想与你们共勉。

  东东是个好孩子。他天真纯朴、活泼可爱。但是在学习上，东东有些坏习惯。懒散、拖沓、注意力不集中……这些都影响他的学习成绩，影响他的综合素质的发展。为改变东东的坏习惯，各科老师都在努力，并有一些起色。东东马上要进入四年级了，我们要继续帮东东改变，并请你们一起把这场持久战坚持下来。

  不打孩子，必要的时候用用惩罚。抱怨是没有用的，多鼓励多表扬，采用游戏的方法。很多时候孩子就是这样，我们总是表扬他有某一个优点，久而久之，他真的就变成我们希望的那样了。

　　暑假近两个月的时间，我有一些小小的建议。1. 给东东营造一个好的学习环境。这个环境应该是安静的，东东有自己单独的时间和空间，学习的时候也不受任何干扰。2. 有条件让东东多练书法、学学下棋。这些活动都需要心平气和、精力集中，让孩子内心多充满宁静的感觉，是锻炼孩子注意力的绝好方法。3. 多看课外书。东东在学校看课外书的时候很专注，当他看到一个刚学过的词语的时候，会很开心地告诉老师。暑假作业里有一份"推荐书目"，像杨红樱的《小蛙人游大海》、李晓玲的《写给小读者》系列等，趣味性都很强，写作手法也非常好，可以带孩子去书店购买。鼓励孩子看课外书的时候做好笔记：准备一个专用的练习本，摘抄一些文章中的好词好句，自由发挥写读后感。

　　附件里面是我在期末家长会上的发言稿。关于学校教育，你们有什么好的建议也可以向我提出来。为了孩子的成长，我们一起加油。谢谢！

孩子的老师

好妈妈锦囊

　　嘉同学上星期在学校合唱比赛中担任指挥，付出了辛勤的劳动，我在班上美美地表扬了他，他的妈妈却一无所知。当我神采飞扬地把这件事告诉她的时候，她很伤感地提到孩子不是很愿意主动跟她交流。

　　怎样让成长中的孩子始终愿意主动跟家长交流呢？我给嘉同学的妈妈提供了几个锦囊。

　　1. 与孩子一起玩。孩子玩什么，我们也玩什么。当你以一个普通小伙伴的身份与他交往，与他分享快乐的时候，他的心门自然会向你敞开，并且毫不设防。昨晚我与儿子一起比赛甩悠悠球，说呀笑呀，小吵小闹，其乐无穷。电脑也是我与儿子的最爱，他喜欢游戏，我喜欢收集资料做课件，有些时候也会愉快地交流与合作。如果谁学到了新招，就炫耀一番切磋一番。我写的那些歪诗散字，也念给儿子听。儿子玩得最多的是篮球，陪练是爸爸，并且每天六点半早起去参加学校篮球队的训练。我经常饶有兴趣地询问他一些关于篮球队的事情。

2. 与孩子一起看书。孩子看什么书，我们也看什么书。我跟孩子一起在网上选书，一部分他自己做主，一部分由我推荐。看完了相同的书大家再一起交流感受。

3. 认真倾听孩子说话。以朋友的身份与他交谈，绝不采取居高临下的训导。自己的心灵感受也可以适当地向孩子倾诉。

4. 假装弱者，以获得孩子的保护欲。当孩子慢慢学会给予你言语和行动上的关心与帮助的时候，你也要用语言或行动表扬他。我的儿子作为家庭的一员，也有责任做家务，有责任为家庭做力所能及的事。我们让孩子做家务，不能临时分派任务，而是让他承担一项责任，当他不去完成的时候，那件事情就没有人去做。这种像大人一样承担家庭责任的方法，既能培养孩子的责任意识，又能让他与父母和谐相处。

总之，让我们像孩子那样天真，让孩子像我们那样承担生活中的责任。儿子享受妈妈对他的赞赏，妈妈享受儿子的帮助，代沟，就自然而然地消失了。

为孩子积蓄成长的力量（家长会发言稿）

各位家长大家好，很高兴我们又能聚在一起了。今天，我想就"如何帮助孩子积蓄成长的力量"与大家一起交流。

在教育改革日趋走向完善的今天，升学竞争仍然存在，这是我们无法改变的现实。尽管这种严酷的现实就摆在眼前，但我仍然不选择"升学"作为我的教育目标。我义无反顾地选择"成长"。10岁的孩子不小了，我们应该从现在开始，为孩子积蓄成长的力量。

"自律""习惯"，在很多现代教育理论相关的词汇里，我最重视这两个词语，它们对孩子的健康成长起着决定性的作用。

1. 如何促进孩子自律

自律就是自我管理，自我约束。我们总是听人说：自律，是一个人最好的素养与能力。古今中外凡是有所作为的人，都是非常自律的人，比如贝多芬、爱迪生、曹雪芹、傅雷、曾国藩……他们的人生成就，都是由自律驱动的结果。

自律是影响个人健康、情感及人际关系的重要因素。有的家长并不关心孩子的学习，他们认为孩子还小，不应该过分计较考试成绩。其实我也是这样想的，但万事都应该有一个合适的度。如果孩子的学习确实是很不好，我会非常在乎他的进步。我在乎的是太不好的学习成绩背后的东西。他懒惰、自控能力差、惧怕困难、意志薄弱、不积极进取……这些都是缺乏自律的表现，这也是会对孩子的将来产生不利影响的因素。

自律有四个原则：延迟满足感，承担责任，忠于事实，保持平衡。其中"延迟满足感"排在第一位。什么是"延迟满足"呢？在心理学上有一个著名的实验：幼儿园的老师把孩子们集合到一个房间里，在他们的桌上都放上一颗包装精美的软糖，老师说："这颗糖很好吃，如果你能忍住20分钟不吃掉它，还可以得到另外一颗。"老师出去了，在另外一个房间里，心理学家们通过监控器传过来的视频，真实地记录了每一个孩子的表现。

二十多年以后,这些孩子都长大了,心理学家对他们进行跟踪调查,结果发现:凡是在那一次实验中忍住而得到第二颗糖的孩子,学业、事业都比较成功,身体也比较健康,并且生活幸福。

那些能等待并最后吃到两颗软糖的孩子,在青少年时期,仍能等待机遇而不急于求成,他们具有一种为了更大更远的目标而暂时牺牲眼前利益的能力,即自控能力。而那些急不可待只吃到一颗软糖的孩子,在青少年时期,则表现得比较固执、虚荣或优柔寡断。当欲望产生的时候,他们无法控制自己,一定要马上满足欲望,否则就无法静下心来继续做后面的事情。换句话说,能等待的那些孩子的成功率远远高于那些不能等待的孩子。

"延迟满足"就是为了更大更远的目标而暂时牺牲眼前的利益。心理学研究表明,延迟满足是一种人人都可以学习的能力。在家庭教育方面,延迟满足的训练可以从孩子呱呱坠地开始。理想状态下,孩子的年龄不一样,则需求也不一样,所以我们给予孩子延迟满足的时间和方式也应有所不同。

我一直在给孩子们做着延迟满足的训练,比如每周的"一级棒"评比。我一直要求自己管理班级要做到法制而不是人制。因为与生俱来的温和的性格,我一点儿也不凶,更不愿意以一种简单粗暴的态度来对待成长中的孩子,但是我有一些非常严格的班级管理制度,也就是班级的"规矩"。班干部和孩子们相互监督,实行自觉管理。每周通过这种量化管理,发现自律能力强的同学,并给予"一级棒"的奖励。每个月根据"一级棒"的总成绩评选出班级"小标兵",班级"小标兵"的总成绩也成为每学期评选三好学生的重要依据。"一级棒""小标兵""三好学生",都是那第二颗糖。因为管好自己就能享受到第二颗糖的甘甜。孩子们的自控能力越来越强了,在我不陪操、不陪玩、不陪自习课的时候,孩子们仍然表现不错。

刚才说了这么多,我想表达的是,我建议家长们多看看关于延迟满足方面的书籍,《中国学生的学业延迟满足研究》《棉花糖实验》等,能帮助孩子通过刻意练习提高延迟满足的能力,提高自律能力。

2. 如何帮助孩子养成好习惯

印度一位教育家有一句名言:习惯决定性格,性格决定命运。通俗的说法是:首先我们养成了习惯,随后习惯造就了我们。

（1）教育就是培养习惯。

举一个很小的例子，我们班的孩子已养成了这样一个习惯，凡是班里哪个孩子有特别优秀的表现或者任何一个孩子有一次难得的进步时，全班同学都会自发鼓掌表扬。久而久之养成的习惯，使他们都渐渐变成善于鼓励他人的人。懂得欣赏他人的优点和长处，也是情商的一个小小的部分。孩子会夸奖他人，是件好事。很多孩子能从多次自发鼓掌表扬的习惯里，培养出这种豁达的性格。

谈到养成好习惯，我建议用暑假的时间有意识地帮助孩子养成两个好习惯：一个是爱看书，一个是爱运动。对于不爱看书的孩子，可以先买趣味性较强的儿童文学作品给他看。我们班有一个典型的运动型的孩子，校足球队的主力、乒乓球比赛全年级第一名、长跑冠军。一个每天早上六点起床参加足球队"魔鬼训练"的孩子，但是他的行为表现和学习成绩却总不理想。他特别好动，从来都静不下心来看书，家长也放弃了，再不给他买书。我想帮帮他，从家里带来自己孩子的书，第一本是《淘气包马小跳》。他居然慢慢地被吸引了，晚自习后还不肯回寝室，想把书看完，又犹豫着怕我批评他。我大笑："岳同学被书给迷住了，老师太高兴了，今天我陪你！"从那以后，总能看到他捧着我给他推荐的书，静静地坐在座位上。他的作文越来越优秀，常规表现也越来越好，老师们都夸他有进步。

家长培养孩子看书的习惯，最理想的状态是一起陪看。在关键期能带孩子一起看书，孩子将养成终身爱学习的习惯。如果条件实在受限，那么我们要尽所有可能有意识地引导孩子培养爱看书的习惯。至少要经常带孩子去书店买书，知道孩子需要看什么书，他们想看什么书。在今年的暑假作业里，我给孩子们提供了一份推荐书目，如果家长们发现有好的书籍，也可以向我推荐。读书需要交流，如果你给孩子买到两本好书，它的价值可能远远不止这些。我一直坚持在班上开展"读书伙伴"的活动，孩子们始终在交换着看书。当然也有一部分孩子对书非常痴迷，对这些孩子，我们要培养他们爱运动的习惯。最理想的状态也是一起陪玩，去公园，去野外，爬山、踢球、游泳……如果达不到这种状态，至少要经常引导和鼓励孩子下楼去玩儿。让他知道你对他喜欢户外运动表示很赞赏。我很在乎体育锻炼后面的东西，那就是通过体育锻炼磨炼出来的坚强意志。拿我自己来说，我印象最深刻的一次磨炼就是曾经有五年的时间，我要在每个暑假最炎热的那些日子里起早贪黑、漫山遍野地跑，进行无线电测向队的训练。这是一种体力和意志的磨炼，那时候我咬着牙想："我一定要坚持下去，看到自己最后的极限！"有了这一段时间的磨炼，使我能更轻松地应对各种局面。为了孩子美好的明天，让他吃点儿苦吧。著名教育家苏霍姆林斯基说："如果我们希望我们的孩子成为真正的人，我们就应当不再去想如何使他们的童年过得轻松安闲和无忧无虑。"爱运动，不断挑战自己运动极限的习惯，可以磨炼孩子的意志，让他们提高克服困难的能力，并且终身受益。

（2）转化坏习惯相对来说更困难一些。

当我在办公室大谈"自律"和"习惯"的时候，其他科任老师说："我觉得你们班孩子的自律性和习惯都很不错。"但是我知道，这样的评价并不代表我们班的每个孩子都很优秀。由上学期的33个同学，增加到现在的43个同学，从很多方面来看，这个班的孩子个体差异都很大。一二年级是养成良好习惯的关键期，有些孩子从一二年级带来的生活、学习习惯很不理想，具体表现为：不讲卫生、不主动清理抽屉、随地乱丢垃圾、做操动作不到位、拖欠作业等。在其他同学认真写作业的时候，他坐着发呆，要么就是花费10多分钟的时间用来削铅笔。还有的总是找不到练习本。老师说："你再翻翻抽屉。"过一会儿他告诉你："没有。""再翻翻？""还是没有。"等老师动手帮忙的时候，十有八九就在抽屉里。而他也不是故意欺骗说找不到，他的抽屉因为长期不清理，堆得满满当当。懒惰和意志力不强的孩子畏惧困难，连找练习本这样的小事情，也会轻易地放弃。对于那些各个方面都有所欠缺的孩子，我越来越多地感觉到自己身上的重担。

家庭教育远远比学校教育更能影响到一个孩子的成长。父母对孩子的关注与激励，是任何人都无法替代的。班上那些学习习惯太不好和不太好的孩子，下学期我会经常通过电话与这些孩子的家长联系，请你们一定积极配合。转化孩子的坏习惯，训练形式要多样化，要有一定的游戏性，要通过积极的表扬和奖励，也需要适当的惩罚手段。只有在家庭与学校共同的努力下，才能收到最好的效果，但请不要打孩子，不要过分地责骂孩子，我、你、孩子，是站在同一战线上的，我们共同的敌人，不是孩子，是孩子的坏习惯。

说了这么多，感谢家长们的认真聆听。我们都是敬畏教育的人，让我们共同探究最有效的途径和方法，帮助孩子提高自律能力，养成好习惯，为孩子积蓄成长的力量。

如何处理学生打架事件

作为一名老师，要始终站在促进学生身心发展的立场来实施教育教学。面对孩子打架事件，该有怎样的教育行为？我们要准确地了解事情发生的原因；为孩子解决困惑、指明方向；关注孩子习惯和品格的形成，呵护他们心灵的成长。

1. 先问孩子自己的责任是什么

解决纠纷要冷静，如果我们简单地判断谁对谁错，是不负责任的行为，被误判的孩子会失去安全感。怎样做到不误判呢？先问孩子自己的责任是什么。

课间的时候，一位青年教师向我请教问题，她要参加一个说课比赛。正在热切交流的过程中，一位孩子跑过来："张老师，小雨和小亮在打架！"我马上跑去走廊，结果事态已经扩大了，打斗中的孩子将一位50多岁的清洁工阿姨（孩子们称她为"老奶奶"）撞倒了。"小雨把老奶奶撞倒了，老奶奶爬不起来了。"孩子们说。老奶奶果然蜷缩在地上，一动也不动。小雨非常焦急地蹲在老奶奶身边，想扶她起来，但她不配合。我尝试着扶她，她也摇摇头。孩子急得直掉眼泪。这时候上课铃声响了，我心平气和地让这两个孩子给奶奶道歉，对其他孩子说："奶奶要躺着休息一会儿，小雨和小亮在这里先陪着奶奶，其他同学回教室坐好。"向我请教的青年教师过来帮忙解决问题，班主任也闻讯而来，老奶奶慢慢地站起来了，还好有惊无险。课后我问小雨："在这件事当中你的责任是什么？""我不该跟小亮打架，是我主动找他的。""那你呢？小亮你的责任是什么？""我不应该跟小雨打架，大课间要好好玩儿。"于是我肯定了小雨的勇于担当，对自己的行为负责任，是我们每个人都应该做到的。"你的责任是什么？"这是我处理学生的打闹事件时，首先问的问题，这样提问可以更快更准确地了解事情的真相。因为在出现问题后，自我保护的本能让孩子们习惯于推卸责任，如果我问"是怎么回事？是谁的责任？"孩子首先就会把自己划分到没有责任的一方,只说对方的错,结果两个孩子又会争执起来,老师也无法做出判断。老师先把两个孩子都划归到责任方,孩子才会真正反思自己错在哪里,谁应该负主要责任。老师在听到各自的反思后,自然有了判断。如果遇到不肯承认自己有错的孩子,怎么办?记得有一次,东东和小卫打架。我严厉地要求他们先分开站好,心平气和,先冷静下来。"东东,你来说这件事情自己的责任在哪里?"东东不回答我,怒气还未消的样子。"好,那你认真想一想。""小卫,你的责任在哪里?""我不应该把他的凳子偷偷拿开,让他摔跤。""很好,勇于承担责任。""东东,你的责任呢?想好了吗?""我不应该打他。"第一,小卫已经认错了;第二,老师还表扬勇于承担责任的行为。此时,东东当然也乐于分析自己错在哪里。如果遇到两个孩子都不回答呢?很简单,只要说:"站在这儿再想想,比比谁能最先想到自己的责任。"一会儿再去问,就都能说了。其实两个孩子都不回答的情况很少见。孩子就是在打闹中长大的,很多时候问题比较容易解决。

2. 为孩子解决困惑

孩子打架,他们不会用恰当的方法和手段来解决纠纷,作为老师要多教给他们正确的方法。首先要坚持的原则是,不能因为矛盾一产生就做出激烈的回应,可以用聪明的方式自己解决问题,如果还是无法解决,就带着问题来找老师。对于那些矛盾一产生就做出激烈回应的行为,我是一定会严厉批评和惩罚的,因为那不是文明人的方式。在一些具体的事例中,我会启发他们用正确的方式去解决问题。有这样一个场景,同学A和同学B打架,被叫停后问同学A:"你的责任是什么?"同学A不说话。问同学B:"你的责任是什么?""我不应该抢他的书。""那你应该怎样做才对?""不抢他的书。""以后想找同学借书,他不肯借给你的时候,你该怎么办?""不借他的书看。""还有其他的办法吗?""换个时间找他借。""还有吗?""跟他换书看。""非常好,勇于承担责任,也知道了以后应该怎么做。"再问同学A:"那你呢,你的责任是什么?""他抢我的书,我不应该打他。"勇于承担责任的同学已经得到表扬,他当然也要好好学。"你应该怎么办?""可以跟他讲道理,告诉他我自己看完了再借给他。"因为是主动打人的一方,我会批评他,并要求他给同学B

道歉。很多纠纷是可以通过沟通来解决的，孩子幼年时期与同学相处的方式，会影响成年以后与人相处的能力。

3. 关注那些经常打架的孩子

如果是因为淘气捣乱，控制不住自己的孩子，要帮助他增强自控能力；如果是不尊重他人的孩子，要多提醒他站在别人的角度去思考；如果是性格比较孤僻的孩子，要多引导他通过倾诉释放情绪。必要的时候，可以与孩子约定，如果不改错，就会被取消下课玩游戏的资格，孩子们可不愿意失去宝贵的课余时间。没有惩罚的教育是不完整的教育，但如何实施惩罚却是一门艺术。我们要用有效的方法来惩罚孩子，告诉孩子，你想要自己优秀，老师也想要你优秀，坏习惯是我们共同的敌人，惩罚是为了让自己牢牢记住"一定要打倒坏习惯"。

4. 借助打架事件培养学生的反思能力

反思是一种非常重要的能力。我们假想两个极端的例子，一个屡屡犯错的人，从不反思，当跨越了法律的界线时，才开始后悔；一个浑浑噩噩一辈子的人，从不反思，当生命到最后那一刻，才开始顿悟。而那些拥有强大反思能力的人，会在每一个阶段总结自己的优点与不足，不断提升工作和生活能力，让自己越来越优秀。在我们的教育和教学中，都可以渗透反思能力的培养。打架事件就是如此。过激行为之后冷静下来进行反思，找到自己的责任，想清楚下次遇到同样的问题该如何解决。每隔一段时间，教师可以组织全班同学进行反思，不断促进学生的自我管理能力。

以上是我处理学生打架事件的小小心得。我相信，在众多的优秀班主任那里，还有着大学问。

（二）我的教学故事

我们爱老师

当我为孩子们付出的时候，会获得他们最真挚的爱，天使般美好的情感滋润着我的心灵，丰富着我的教育生活。岁月繁忙，总有欢喜相守。

卧 倒

开学第一周，调整了作息时间，下午第一节课延迟了五分钟。当我走到10班教室门口的时候，已经是两点十五分，孩子们齐刷刷地伏在课桌上，等着我来上课。看到我来了，彦彦开心地说："张老师终于来了，我还以为张老师……"小宇说："乱讲！"这时候，几位同学把头抬起来，看了看彦彦，又看了看小宇。我告诉他们这学期作息时间有所调整，第一节上课时间推迟了五分钟，然后说："那么现在是预备铃响过上课铃还没有响的时候，我们应该是什么姿势？""卧倒！"彦彦大喊一声，所有孩子齐刷刷地又伏好了。

猪可大了

我经常在孩子们的作业后面画一个竖起来的大拇指，或是一张胖胖的小笑脸，或是写上一句调皮的悄悄话，以激励他们获得新的进步。有些孩子会以同样的方式来回应我。

小斌，经常在他的作业后面画一幅小插图，写上自己原创或是抄写来的一个小幽默故事，让我在埋头于作业堆里的时候开开心。今天他这样写道：

"张老师辛苦了，来唱两句吧——猪大了，猪大了，猪可大了……"（当时流行的韩剧《大长今》主题曲的谐音。）

可爱的孩子，老师笑了，谢谢你。

花的勇气

今天，上了《花的勇气》一课，孩子们已经学会抓住关键词语理解句子，学会联系上下文理解句子，并且都有了自己的思想和感悟。46个孩子，会给你46种不同的惊喜。在谈到"勇气"的时候，他们说："勇气是在冷风冷雨中茂盛生长。""勇气是在全班同学面前声音响亮地做即兴演讲。""勇气是和同桌吵架后能主动承认错误。""勇气是对于曾经害怕去做的事情不再感到畏惧。""勇气是相信自己有克服困难的力量。""勇气就是战胜自己。"

课中有孩子提问"明亮夺目"的词义，其他孩子都举手来回答他。我禁不住问："教室里有什么是明亮夺目的呀？""张老师！"出乎意料的回答，因为那天我穿的衣服是非常淡雅的颜色，所以一再启发他们环顾四周寻找新的目标，小家伙们仍然坚持张老师是最明亮夺目的。晚上我把这个困惑告诉儿子，儿子淡淡一笑，说："他们喜欢你呗。"

想都别想

连续多年，我带孩子们开展建筑模型创作，至今给我留下美好回忆的不是那些获奖证书，而是与孩子们之间的甜蜜相伴。因为模型制作需要大量的时间，很多时候是孩子们自己在制作，我再一对一地指导。我在讲台上清理器材的时候，教室里一般比较安静，我会一边忙手里的事情一边与他们聊一聊。有一个可爱的孩子叫灏灏，他总是喜欢逗我开心。有时候提出一个难题在我这里得到答案，会无比崇拜地说："呀，您太厉害了，这个问题我难倒过三个科学老师！"有一次，另一位孩子问："张老师，我可以不画设计图直接制作吗？"灏灏马上抢答："我告诉你可不可以吧，就是三个字，想都别想。"其他孩子笑他："明明是四个字。""两个'想'字只算一个字，同学们。"他一边说，一边偷偷地看我，看到我在笑，他可开心了。

城管来了

我要求孩子们学会整理实验桌，有时候器材多了，就要把科学书和文具盒都放到桌面下的隔板上。但有一次，两个孩子居然把器材放到地上去做制作，我走过去说："这样不行，教室里不能摆地摊。"后来又有一次，他们仍然把器材摆到地上了。我走过去的时候，其中一位孩子说："快点收起来，城管来了。"我忍俊不禁，孩子们偷偷地看了看我，也笑了。

连自习课也不例外

2018年年底，我在网上学习吴国盛教授的《我们对科学有多少误解》，随后从书架上找到《科学的历程》这本书来温习，发现这本书里夹有一张纸，是一位叫作佩佩的孩子在2005年圣诞节的时候写给我的贺卡。那是孩子精心设计的作品，上面写着："上完科学课，我总有问不完的问题，您都能耐心解答；您带着同学们一起为我鼓掌，让我感觉自己真是一个了不起的人！""有时候，您像妈妈，笑容那么慈爱，眼神那么温柔；有时候，您像朋友，我恨不得把所有的想法都告诉您。我们都喜欢上您的课，连自习课也不例外！"回想起当年，他们都是寄宿的学生，我要在晚自习守着他们写作业。连自习课也不例外，那是怎样的喜欢啊！谢谢你，我也特别喜欢你，我亲爱的孩子。

我们爱科学　我们爱祖国

《光的直线传播》那一课，我向学生介绍了我国古代的墨子，他发现了小孔成像原理，是世界上第一个用实验证明了光沿直线传播的人。带领学生做模拟实验时，我说："今天我们也来向古人学习，做小孔成像实验。但是我们不能……"我环顾四周墙壁，学生们说："在墙上打洞。""所以我们用什么来代替墙壁呢？""纸卡片！在纸卡片上打洞！"

我们在学习"光的色散"知识的时候，讲到了大科学家牛顿，在学习重力知识的时候又讲到了牛顿。我说："还是这位牛科学家……"一位孩子悄悄地敬了个队礼！

我和孩子们一起学习航天知识时，特别安排了一个课时来讲述科学家钱学森和邓稼先的故事。根据以往的经验，有些孩子将导弹和原子弹混为一谈，误说钱学森是原子弹之父，我在讲课的时候增加了两个环节：第一是讨论火箭和导弹的工作原理。它们都是运用反冲力来工作的，核心技术有很多相同的地方；第二是向孩子们介绍导弹和原子弹的区别，让孩子们了解原子弹之父邓稼先的事迹。在我和孩子们讨论之后观看了有关视频。一开始气氛还比较活跃，我问："你们知道钱学森在美国工作时所享受的待遇有多高吗？"学生们摇头。"据说他的年薪可以买下当时美国最贵的豪车……五十辆。""你们知道当时国内科学家的年薪是多少吗？"我又问。"几十万吧？""几千元吧？""当时国内科学家的年薪是……"我拖长声音，接着说，"我也不知道。"学生们哈哈大笑。"但是我知道当时两弹元勋排第一名的科学家邓稼先获得的奖金是20元，其中原子弹10元，氢弹10元。他为了科学事业从亲人身边消失整整28年，回家的时候已是癌症晚期。钱学森和邓稼先都放弃了国外的优厚待遇回到了中国。是什么力量让他们做出选择？"我的声音越来越低沉，孩子们的表情也越来越严肃。接下来，孩子们观看了视频片段《钱学森》《我的偶像邓稼先》。在观看视频的过程中，我站在讲台旁边的角落里，静静地看着他们。我清晰地看见孩子们表情的细微变化，看见他们眼里噙着的泪花。亲爱的孩子们，此刻，我也与你们一样被触动，内心里满满洋溢着对科学家的敬仰与爱国情怀，浩浩荡荡，汹涌而来。

快乐的七巧板

学校科学与数学文化节活动，组织了一些动脑动手的比赛，我带领孩子们一起解开七巧板的秘密。先是各组比赛，将七巧板拼成一些几何图形。我给每一个孩子都发了一盒七巧板，用课件提出比赛要求。

开始比赛：（　　）开始！
停止比赛：击掌叫停　xxx xxx
将器材还原：准备！
任务完成：全组同学坐端正举手。

我问："你们看懂了吗？有什么问题吗？"有的孩子急于比赛，可能会说："看懂了，没有问题。"我就会说："没有问题吗？那我有一些问题请你们来回答。"然后问他们一些问题，让他们在交流的过程中了解具体的细节要求。有的孩子问题比较多，比如问："那个括号里是什么内容？"我说："就是每次要拼的图形，比如'正方形开始'，任务就是拼出一个正方形。"有的孩子问："是比哪些小组最先全部完成吗？"我说："对。每次给前六名的小组记成绩。""那可以看组内同学拼好的样子吗？""可以的。"因为实验桌的样式是每六个孩子团团坐，如果不让看是管不过来的，不如让他们悄悄地合作完成任务。我提醒他们："如果你拼好后大声说话，其他组的同学就会远远地偷看哦，所以全组的同学要配合好，相互交流请用悄悄话的方式。"这样是因为游戏需要保密，所以要控制音量，比老师强制"声音不能太大"，要更有效。在紧张而激烈的比赛过程中，孩子们的表情是兴奋的，但教室里并不喧嚣，只听到木制七巧板碰撞的声音。我穿梭其中，记录成绩，只管看他们"悄悄地快乐着"。

在拼完每种图形之后，我会鼓掌叫停，公布成绩，然后开始拼下一个图形。谢××小朋友每次都是第一个拼好，同组的孩子小声对他说："你还要不要我们活呀。"刚好我站在他们身边听到了，比赛结束后我采访他："请你在黑板上把自己的方法向全班同学讲解。"黑板上贴着一副磁吸七巧板，谢××上台演示后，我再将他的方法进行补充完善，然后请孩子们总结如何快速地拼出想要的图形。先将七巧板较小的五个图形拼成一个三角形或正方形，再搬动剩下的两个较大的三角形，就可以很快地拼出大三角形、大正方形、长方形、平行四边形、等腰梯形等。

"原来是有规律可循的！"孩子们惊呼着。我拼出一个大正方形，让他们仔细观察七巧板的结构特点，孩子们找出很多长度相等的线段，找出很多线段都有中点，原来看似复杂的七巧板的几何结构是如此简单。接下来，我拿出一张A4纸，"现在你们能不能用一张A4纸，徒手做出一副七巧板呢？"有的孩子说可以，有的孩子问："能用尺子吗？"我摇头："尺子、铅笔、剪刀，全都不能用，只用你们聪明的头脑和灵巧的双手。美观精致的作品是正品，边角粗糙的是次品，做错了的就是废品哟。"有位孩子问："可以用嘴吗？"其他孩子插嘴说："有唾液呢。""对呀，纸变脏了会产生细菌。""那就成了'毒品'！"我和孩子们都开心地笑了。跟这些孩子在一起是多么享受呀！

与年轻教师谈考编

这一周的周末，教研组有几位代课老师将去参加各区县的教师招聘面试。他们都希望自己能成为一名编制内的科学教师，我希望他们达成心愿。为了让他们在面试中能更好地发挥，我组织了一次模拟面试。模拟面试的课题是《用水测量时间》，并进行十分钟的片段教学。

大家讲完之后，我与他们一起座谈。首先讲到对于科学课的理解，科学课最重要的目标是要培养学生的科学思维，我们的教学一定要关注学生思维的成长。《用水测量时间》这个课题，他们中多数人都是这样设计的：先是教师介绍古代的泄水型水钟和受水型水钟，再带领学生一起制作一个水钟，或者测量10毫升、50毫升、100毫升水从瓶子里流（漏）出来需要多少时间。这样的课堂上，孩子没有经历思维发展的过程，只是接受老师教授的知识，做老师安排的实验。其中有一位老师的设计，试图让学生经历探究的过程，她提出了为什么用水可以测量时间的问题，但接下来却把教材中有思维层级的两个实验减少为一个。她只关注了第二个实验，丢弃的是更重要的第一个实验。这样的教学，依然使孩子的科学思维得不到应有的发展。

课本上所展示的内容是：（1）介绍两个古代水钟；（2）介绍两个滴漏实验，一个是10毫升水的滴漏装置，一个是300毫升水的滴漏装置。这样的课应该怎样来教，才能更好地培养学生的科学思维，才能称得上真正有意义的科学课呢？第一，为孩子搭建思维发展的平台。第二，为孩子提供自主探究的条件。搭建思维平台，首先要读懂教材。《用水测量时间》这一课，是《时间的测量》单元的第三课，在前两课已经学习了日晷测量时间的知识，这一课是探究课。通过实验知道："在同一个装置中，等量的水流出的时间是相同的。所以我们可以用水来测量时间。"第四课是制作水钟。这一课是探究课，后一课是制作课。或者说，这一课是科学，后一课是技术。所以这一课既不是制作，也不是测量，而是由问题驱动的思维层层递进的探究。读懂教材之后，就是思考如何引领学生思维的发展。首先，从已有的知识开始构建。前一节课我们学习过日晷，日晷测量时间会有什么缺陷呢？古人又想了怎样的新办法来测量时间？观察课本上的泄水型和受水型水钟的图片，思考它们是怎样来计时的。

学生在交流的过程中将问题聚焦，为什么用水可以测量时间？在同一个装置里，同样多的水流（漏）出来需要的时间是相同的吗？接下来学生自主设计实验来进行探究。在设计实验的过程中，引导孩子们思考如何严格控制实验条件，确保得出科学准确的结论。教材中的第一个实验，在瓶子中装300毫升水，观察并记录从瓶中漏出100毫升水需要的时间。重复观察几次，每次所需要的时间相同吗？通过实验学生会发现，如果孔的大小不改变，同样流完100毫升水所需的时间是相同的。所以我们可以用水来测量时间。在此基础上，引导学生思考：如果我们要测量更长久的时间，就得使瓶中的水全部流出。那么剩下的第二个100毫升水和第三个100毫升水，它们流出来所需要的时间是相同的吗？孩子们因此设计了第二个实验。实验后发现：水的流速越来越慢。因为水越深压力越大，在最初水量最大的时候，水最深，所以流速最快，也就是说水位的变化会引起水流速度的变化。这个问题要怎样解决才能让水钟能准确地计时呢？孩子们纷纷动脑筋，想办法。最后聚焦到"怎样使水位保持不变"。孩子们想出办法后，我表扬了他们"会思考"。古人也跟你们一样会思考，他们给水钟装置设计了加水孔和泄水孔，以保持水位不变。这样的教学过程中孩子们的思维始终在往深处发展，而实验只是为了解决教学过程中遇到的问题。相比听老师的讲述和做老师安排的实验，这才是真正的科学课。

一些刚刚走上工作岗位的老师对于课堂的理解比较简单，自己从前的老师是怎样教他的，他也怎样来教孩子。我们的孩子要面对未来的世界，而我们却用以前的方法来教他，这样的教学是落后的。我们应该不仅仅教给学生知识，更要注重培养学生的科学思维和探究能力。谈完这些，我又跟老师们聊了聊如何扬长避短，结合自己的个性特点来实现自己的职业价值。同样，在考编面试的过程中，要打造自己的个人品牌，不让自己消失在茫茫人海。当你有目标的时候，要做到极限付出，超常发挥。在工作中是如此，在考编面试的过程中亦是如此。最后谈到在极限付出的同时，要承认不确定性，很多时候我们付出了努力，却得不到相应的回报，但我们仍然要感恩，感恩有付出努力的机会。因为不断经历努力的过程，才能促进我们成长。

我的慢教育

教师的工作是忙碌的,在纷繁复杂的教育教学工作中,我却在用心追求一种极致的慢,希望"慢教育"成为我的为师之道。

1. 关注细节,慢慢引领思维的发展

教完《磁铁有磁性》这一课后,我的内心是幸福的。因为不断地倾听孩子们的想法,不断地引导他们的思维,与他们一起"摘到桃子",这是一种无法用语言表达的快乐。

学生通过实验发现,磁铁隔着布片、木片、塑料片、厚纸板等物体都能吸铁,于是总结出"磁铁能隔着物体吸铁"这一结论。我在黑板上写板书,听到几个孩子在底下窃窃私语,我转过身问:"谁还有问题吗?"一位孩子站起来,说:"磁铁隔着多厚的物体就不能吸铁了呢?"我没有直接回答他,而是让他面向全班同学重复一遍问题。一个孩子说:"我知道!桌子这么厚就不行,我们试过了。"我问:"那比桌子薄一点呢?""可以!我们把所有这些纸片、木片、布片、塑料片加起来,刚好比桌子薄一点,就可以吸!""不可以!"另一组反驳道,争论爆发了。"你们也做过实验了吗?""是的!""两个小组都做过实验,那为什么实验结果不一样呢?"我放慢语速,仿佛自己也在思考。教室里顿时安静下来,一些同学慢慢将手举起来。"不同的磁铁磁性强弱不一样。""所以能隔着多厚的物体吸铁与磁铁本身的磁性强弱有关。"我追问:"还与哪些因素有关呢?""与被吸的材料有关。""同一块磁铁,隔着桌子吸铁的厚度与隔着纸板吸铁的厚度也是不一样的。"孩子们自己悟出了问题的答案,我不禁心花怒放。有时候,老师能快速地对学生的问题进行解答,那是聪明,不是智慧。教育的智慧在于用心浇灌,静待花开。

在《食物链》一课的教学中,我让孩子们说一说自己知道的食物链,一位孩子说:"草被兔子吃,兔子被狼吃。"另一位孩子不同意:"兔子吃肉,不吃草。"其他孩子反驳道:"兔子吃草!"孩子仍然坚持:"兔子吃肉!"

大家都急切地等待我的评判。但我没有表态，只是走到那个孩子身边，轻声地问："你为什么这样认为呢？""我在阿姨家见过兔子，给它几棵草和一片肉，兔子不吃草，只吃肉。""嗯，你比同学们知道得多，兔子偶尔也会吃肉的。但通常情况下，兔子是靠吃什么来获取营养的呢？""吃草……老师我知道了！食物链是营养链，草被兔子吃才是真正的食物关系！"教学的艺术，不在于传授，而在于唤醒，轻轻地唤醒，需要让时间慢下来。

2. 抓住契机，慢慢滋润心灵的成长

晨晨是一个好动的孩子。今天他又影响同组的同学听课，于是我在黑板上给他记录一个"批评"，按照以往的约定，被记录"批评"的同学是不能领器材做实验的。在其他孩子做实验的时候先得"练习静静地坐稳"。通常这个时候孩子们都能静静地坐稳，用期待的眼神看着老师，老师一心软，就让他们做实验了。

今天的实验是抽蚕丝，用小苏打溶液浸泡蚕茧，然后拉出丝头，将蚕丝绕在圆柱形纸筒上，并测量蚕丝有多长。其他同学都已经开始实验了，晨晨没有领到器材，我对他说："你只要安安静静坐稳一分钟就行了。"但我马上又后悔了，觉得"安安静静坐稳一分钟"仍然不适合他，你看他不正翘起屁股趴在课桌上，眼巴巴地看着旁边的同学抽蚕丝吗？他正在努力管着自己的小手不去抢人家的蚕茧吧？我挺担心地看着他，艰难的一分钟过去了，我如释重负，把他叫到讲台上，问："刚才有没有影响其他同学？"他肯定地说："没有！""真棒！"我高兴地把实验器材交给他，他欢欢喜喜地回去做实验了。我想，刚刚过去的这一分钟，孩子的内心应该与我经历了一样的艰苦等待吧。令我惊讶的是，晨晨一直在耐心细致地抽蚕丝，绕到300多圈的时候还没有停歇。这时候精彩好戏开始了：坐在讲台旁边的一个女孩子可能觉得抽蚕丝挺好玩儿，忍不住一直笑，气氛顿时活跃起来，一个孩子对她说："你严肃点儿！"另一个孩子直接发表感慨："老师，一根蚕丝可真长呀！"我点点头："蚕宝宝很辛苦吧？""对呀，蚕宝宝真是了不起！""你们看，小小的蚕宝宝都能对人类做出贡献，我们每一个同学，还有张老师，我们一定要做有用的人。不然连一条蚕都不如啊！"教室里顿时安静下来，我想，孩子们的心灵之花正在悄悄地绽放吧！

从星期一到星期五，我都会向每个来实验室的教学班播报"寻人启事"。

找谁呢？找一个默默关心我的人。因为实验室有一些公用的铅笔，我喜欢用小刀来削它们，但一个学生可能觉得这样不方便，就偷偷地为我削好了所有的铅笔，还在我的粉笔盒里放了一个卷笔刀。我告诉孩子们，这位同学不是为了老师的表扬，而是默默地关心老师，关心老师就是他的优秀品质。就像身边没有人的时候，你也默默地捡起地上的垃圾，爱护环境就是你的优秀品质。其实在星期二的时候我已经找到了这个孩子，是五班的威威。但我假装不知道，我的"寻人启事"一直延续到星期五。我要抓住这个机会，让这种行为感染全年级所有的孩子。当我一遍又一遍地在每个班级诉说着卷笔刀故事的时候，我为这个孩子的行为而感动，也为自己的教育行为而感动。

　　我一直认为所有微小的细节才是教育的本质。只有拒绝喧嚣和浮躁，让时间慢下来，让境界慢下来，才能实现好的教育，达到润物细无声的效果。

我给美国孩子上科学课

临时接到任务，要给一群特别的学生上科学课。他们是来自大洋彼岸，正在我们学校进行交流活动的美国孩子，年龄在 12 岁左右，一共 19 人。

自己的学生最近正在学习《养蚕》这一课，我带领他们饲养彩蚕，开展了一个《新蚕丝，老纺车》的活动，如果用这个内容来给美国孩子上课，会极具中国特色。但随行翻译被紧急调走，而我的英语口语实在太差，像给中国孩子那样上课肯定会有语言障碍，与他们的老师进行短暂的交流之后，决定改成以制作为主的课。

时间为一个下午，分为三个课时，制作主题有两个：
1. 拼装模型飞机。
2. 设计并制作砖墙结构的建筑模型。

孩子们来到教室，先按照要求，两位同学一组坐好，我走到他们中间打招呼，开始简单的对话。我问："你们猜一猜这是什么教室？""关于我们的科学课，你有问题吗？""告诉我你们科学课的一些事情。"交流果然不是很顺利，接下来不得不尽早让孩子们开始动手制作。

第一节课制作模型飞机。平时教自己的学生时会与他们交流关于飞机的基础知识，今天只能师生相互学习一些表达方式。孩子们大声跟我念"飞机！飞机！"他们非常迫切地想学习中文。然后按照说明图的提示开始制作。这一个内容不适合发挥创意，因为它是一个拼装任务，每一个细小的部件都有固定的位置，每一个制作环节都需要按顺序来进行。孩子们明显感觉有些吃力，我不得不紧张而又忙碌地帮助他们解决一个又一个问题。将近一个小时过去，总算都完成了制作，试飞的效果不是很理想。但只要看到同伴的成功，他们依然很开心。

接下来两个课时要设计制作砖墙结构的建筑模型。我介绍了基本的技巧与方法，然后交给他们与自己的中国学生一样的任务："你想怎么做就怎么做。"孩子们都开动脑筋，发挥想象，专心致志地搭建起来。一座座城堡，一片片草坪……五十分钟过去了，各式各样的建筑模型展现在科学教室里，蔚为壮观。

在整个过程中，我细心观察孩子们怎样讨论，怎样确定方案，怎样动手制作，像对自己的学生那样随时给予他们支持与帮助。30分钟过后，我在课件上设置了一个动态的计时器，最后的20分钟倒计时开始了，提醒他们控制好速度，以保证在规定时间内完成任务。看到计时器上的数字不断在跳动，他们像我的学生一样，有的发出惊叹，有的微微一笑。"时间到！"我给每个孩子发了一个红色小球，让他们自己来做评委，"请从自己的作品以外，选出一个你认为最好的作品，将红色小球献给它。"评价的过程中，所有孩子都到各个座位去观赏别人的作品，并在一个合适的时间介绍自己的作品，最后老师请孩子们将作品搬到教室的展示台上，称赞它们为"富有创意的建筑"。

完成了一个下午的教学任务，课后我静下心来，开始我的思考，并把我的思考写了下来。

这些孩子在学习过程中，表现非常优秀。

第一，孩子们特别守纪律。课堂上，他们能保持安静，即使在热烈讨论的时候，在离开座位进行交流的时候，也是轻声细语。我始终感觉他们在遵守一些既定的习惯和规则，比如当有特别要求的时候会问老师"可不可以"；当你不由自主表扬他或者他的作品的时候，会说"谢谢"；不去拿同学的"飞机"，有两个孩子自己的"飞机"飞不好，我将样品送给他们玩，明明讲的是"送"，但玩过之后他们仍然将飞机交回。

第二，孩子们特别有创意。在设计建筑模型的时候，他们展现了自由不羁的想法。孩子们会按照自己的思路，做成我完全没有预想到的样子，尽管包装盒与说明图上展示的都是"神秘古堡"，但他们的作品是一些异形的建筑，有桥梁、城墙、各种园林设计，甚至做成类似于围棋盘的样子。在相互评价的过程当中，每个作品获得的红色小球数量都差不多，似乎他们并没有共同的审美取向，每个"评委"都有不同的喜好。

他们的老师告诉我，这些孩子是比较优秀的，遵守纪律、思维活跃；另外会有一部分孩子纪律性不强，还有一部分孩子创新能力（思维的发散性、深刻性等）不够。我马上想到自己的学生们何尝不是如此。

这一次经历让我产生了一种教育理想：我们要着力培养在行为习惯上讲规矩守纪律、在思维习惯上自由开放的孩子。假设可以将孩子统一这样来划分：第一类孩子，在行为习惯上，不遵守纪律，自由涣散，在思维方面过于固化呆板，缺少思考力。第二类孩子，在行为习惯上，不遵守纪律，自由涣散，而思维方面具有一定的创新力。第三类孩子，遵守纪律，学习认真，思维与行为一样"乖"，欠缺创新能力。第四类孩子，遵守纪律，学习认真，且思维活跃，开放而独立。我们要努力帮助孩子成为第四类孩子。

《教育就是培养习惯》《优秀是教出来的》这两本书的作者分别是中国的教育家关鸿羽和美国最佳教师奖获得者罗恩·克拉克，他们在阐述同样一个教育理念：习惯是后天养成的。养成教育包括行为习惯和思维习惯，良好习惯的养成从有意识、有目的的训练入手，也就是今天所倡导的"刻意练习"。我们要帮助孩子"刻意练习"良好的行为习惯，我们要帮助孩子"刻意练习"创新思维。

在我们的学校教育和家庭教育中，往往将行为习惯与思维习惯混为一谈。特别是有少数家长，认为把孩子管严格了，孩子就不聪明了，这是极其错误的观念，将影响孩子的健康发展。很明显，没有规矩的孩子自律能力会很差；上课不认真的孩子专注力得不到锻炼，智力也得不到应有的发展，这也是我们的家长不愿意接受的。而家长首先应该反省：教孩子守规矩、懂礼貌是良好家教的基础，自己有没有尽到责任。所以我们应该将孩子的表现区分清楚，哪些是行为习惯，哪些是思维习惯，在促进孩子的行为习惯和思维习惯发展方面分别做一些深层次的有价值的探究，比如如何帮助孩子养成良好的行为习惯，如何培养孩子的创新思维。家长与学校共同训练，有意识、有目标地促进孩子的发展。

如果我们能在教育教学当中，有意识地培养我们的孩子成为第四类孩子，拥有这样一些素质：第一，在行为习惯上，严格遵守纪律。第二，在思考习惯上，拥有广阔性、深刻性、逻辑性、创造性。长大以后的他们，会是什么样呢？严格遵守国家法律和规章制度，又在学术研究、专业发展等方面极具创新能力。毋庸置疑，这样强大的他们，会更有利于国家与社会的进步，推动文明的进程。

（三）我的教育教学创新

植物知识的教学，如何"突破时空"

孩子具有好奇心，他们喜欢花花草草，对纷繁复杂的植物世界表现出极大的热情。但很多科学教师在教授植物的相关知识时，却发现课堂变得枯燥乏味。究其原因，是老师们过于遵守常规课堂的程序，没能有效地运用开放式教学。开放式教学，是以人本主义教育思想为基础的教学方式，它尊重学生的个性差异与自主发展。植物知识的教学要想实现开放性，首先要"突破时空"。

1. 不要让教科书束缚了教学内容，要根据不同的地域来选择学习的素材

张老师和王老师同教三年级的科学课，在集体备课时，他们展开了讨论。张老师说："《植物的生长变化》这一单元该怎么教呀？"王老师："我的手上没有凤仙花种子。""是啊，那不种凤仙花了，随便讲一讲，让孩子们看看书就行。""好像也没有其他办法了。"王老师说。

解决这样的问题我们首先要明确一个理念：灵活运用教科书。不管是内容还是形式，教科书都不可能完全适合每一所学校、每一位教师和每一位学生。所以教科书是教师实施科学教学的工具，而不是唯一的依据。我们作为科学老师可以根据自己本地、本班级的情况，灵活地使用教科书。教师可以全部采用书中的内容，也可以选择其中一部分，改进其中一部分。我们要根据本地的资源和环境，使教学更贴近学生的实际生活。引领学生认识植物，在没有凤仙花种子的条件下，也可以用其他植物来代替。比如在湖南长沙，四季豆（菜豆）就是一种容易成活、生长周期短的植物，而它的种子到处都能买到，我们可以将凤仙花改成四季豆来进行教学。

2. 不要让教学定位在教师自己的学情分析上，要根据学生的学习基础适当地调整教学计划

　　李老师买来了菜豆种子，他想带学生一起开展"种菜豆"的活动。在教案的"学情分析"一栏里，他这样写道："城市的孩子没有种菜的经历，对于怎样种菜豆没有任何经验。"以此为教学前提，他在课堂上花了大量的时间来讲解种菜豆的具体要求，并将实施过程做了详细的安排和严格的规定。结果孩子们并没有如他想象的那样表现出激情和兴趣，有的同学甚至没有认真听讲。

　　出现这样的问题我们首先要反思：有没有尊重孩子们自己心里的想法？很多老师在做好学情分析后，以固有的想法去实施课堂教学，致使学生学习热情不高。每一个孩子都有独立的思考意识，我们应该赏识和尊重孩子的想法，理解孩子的心情，倾听孩子的表达。在本课教学中，我的做法是：把学生的所思所想放在首位，学情分析应该由学生自己来表现，可以在上课前，也可以在课堂中。只有多渠道、多方位地了解学生的学习基础，在课堂上让他们自己提出问题、解决问题，自己来制订活动计划，才能让学生主动参与到"种菜豆"的活动中。

3. 不要把上下课铃声当作教学的起点和终点，要根据学生的需求拓展后续活动

　　很多植物知识的教学实验不能在40分钟之内完成。比如种子的萌发、植物的向光性等。因此，我们要在实验室的建设上多花心思，让它能满足学生后续活动的需要。比如准备一个学生自制标本展橱，将学生制作的各种植物标本摆放进去，让学生利用课前课后的时间仔细观察，满足学生的好奇心和求知欲。比如窗边可以摆放一些盆栽植物，种植小型植物是学生们很喜欢做的事情，它为学生提供了观察思考的机会，能锻炼他们的动手能力，培养持之以恒的精神。在学习"种子的萌发"和"植物的向光性"后，我和孩子们将一些黄豆种子种植在窗边的花盆里，一个月后，他们观察到黄豆种子发芽、生长了。开始，小苗儿都一个劲儿地将身子探向窗外，孩子们把花盆换个方向，让它们的身子朝向室内。过了几天，小苗儿又调过头，仍然将身体探向窗外。在这个实验中，植物的向光性表现得淋漓尽致，给孩子们留下了深刻的印象。

科学探究仅仅凭课堂上的40分钟是远远不够的，40分钟会很快过去，而课堂上的问题还没有完全解决，需要利用课余时间继续进行探索。针对这种情况，我们应该在教学中适当布置实践性的课余作业，让学生通过个人或小组进行深入的探究。认识各种各样的植物以及获得相关知识，是一个长期的过程。

4. 不要让学习活动限制在教室这个狭小的空间，要为孩子们开辟更广阔的探究场所

王老师昨天给三（3）班的同学上了《各种各样的植物》一课，他通过播放课件，向孩子们介绍各种各样的植物，其中包括长沙市的市树——香樟、岳阳市的市树——杜英。而今天走在校园里，他指着身边的香樟问班上一位孩子："你知道这是什么树吗？"孩子茫然地望着他说："我不认识。"王老师又指着一朵杜鹃花问："这是完全花还是不完全花？"孩子仍然说不知道。辨认完全花和不完全花，这不是上星期才学过的内容吗？王老师对于自己的教学效果很失望。

这种现象产生的原因是：老师没有将课堂搬到生活中，带领学生探究身边的科学。植物知识的教学，要注重在真实的场景中进行，积极地把学生引向生活和大自然。认识各种各样的植物，首先应该从校园开始。画植物，持续观察植物，给植物拍照，自己制作校园植物标识牌等，都是非常有效的活动。在教学《植物的茎》一课时，我改变了传统的教法，不是让学生把植物的茎带到教室来观察，而是把学生带到学校的生物园，让学生亲眼观察园中各种植物的茎，很多学生在观察了十几种茎后，总结出了茎上有节，节上有芽和叶的共同特征。此外，同学们还观察到了茎有各种不同的形状，有的是直立的，有的像一只只小手抓住其他的东西生长；还观察到了牵牛花是怎样爬高的，它能爬到高高的架子上，开出美丽的喇叭花。在教学《植物的花》一课时，我把学生带进校园的花圃，让学生认识了花的萼片、花瓣、雄蕊、雌蕊，还要他们做好记录，通过现场教学，学生们懂得了什么叫完全花和不完全花，而且他们还发现我们的校园里，完全花比不完全花多。

综合运用以上教学策略，来"突破时空"开展植物知识的教学，我有一个真实的案例。当年麓山国际实验小学还没有建设屋顶农场时，我们用花盆创建了"空中菜园"。

科学实践活动报告

我们来秋种

活动内容概要

关键词：小学生 秋天 空中菜园 盆栽 不同方法 发现问题 主动探究

在科学课上了解到植物的一些相关知识后，同学们对种植物产生了极大的兴趣，于是我们发起了"我们来秋种"活动。在教学楼楼顶开辟"空中菜园"的同时，我们查阅了大量的资料，开展了丰富多彩的观察与实验活动。

活动特点

（1）趣味性。首先，同学们具有好奇心，一颗小小的种子能发生一系列有趣的变化，他们对种植活动会表现出极大的热情。

（2）探究性。探究内容：

①将一些通常种植在菜地里的植物种植在楼顶的花盆里，能否正常生长？

②秋天埋下种子，能不能生根、发芽、结果？

③种植盆栽植物有哪些注意事项？

④不同植物的生长周期是不是一样？

⑤哪些植物能耐寒？

⑥自己在种植过程中提出一些其他问题，并想办法解决这些问题（如查找资料、坚持细心观察、自己设计实验进行探究等）。

（3）创造性。生活在城市里，孩子很少有种菜的机会，我们的种菜结合实际条件，与通常的种菜不一样：地点在楼顶，而且是盆栽；秋天种植；让同学们带着问题进行实践探究。

（4）推广性。很多科学老师都困惑于"生命世界"的教学找不到素材，本次活动中的"植物的种子""花盆""研究的问题"是所有城市的学校都容易具备的。"我们来秋种"作为一项科学实践活动，可以在中小学生中广泛开展。

活动时间 2011年9月—2011年12月

种子来源 网上购买

主要责任人

廖国睿（六5班）	张珈源（五5班）	徐鹏宇（五3班）
肖斯惟（四5班）	古　今（五3班）	翁蔚然（五5班）
阮　杰（五3班）	胡宇熙（六5班）	杨天乐（六5班）
刘一龙（五6班）	张庭信（五5班）	吴伟佳（六4班）
秦　绯（六4班）	李　凝（六4班）	李明轩（六4班）

活动过程

日程表

日　期	活动内容	日记摘要
9月11日	整理研究的问题	师生交流。大家的问题真多啊！
9月11日	经验交流会（一）	大家一起谈谈具体实施计划，应该注意的事项。各抒己见，可真热闹。
9月18日	准备花盆和土壤	15位责任人，每人3个大花盆，共45个花盆。土壤从学校苗圃获得，暂时有比较好的肥力。
9月18日	挑选种子，浸泡种子	每人挑选3种植物的种子进行浸泡。
9月18日	种下种子	种子埋得不深也不浅，浇了适当的水。
9月25日	观察与养护	有的种子已经露出小芽，有的种子似乎还没有动静。
10月9日	观察与养护	大部分花盆里都有了各种各样的"景象"，菜豆已经长出几片叶子，好大呀。真是惊喜连连。
10月16日	经验交流会（二）	一些同学提出了新的建议，一些同学提出了新的问题，一些同学因为自己的菜长得好而扬扬得意。
10月23日	观察与养护	小苗继续成长。一些同学担心土壤肥力不够，将自己喝的牛奶省下来浇在花盆里。

(续表)

日　期	活动内容	日记摘要
10月30日	观察与养护	有几位同学的四季豆开花了，老师帮我们配置了肥料。浇水！施肥！加油！
11月6日	经验交流会（三）	有的同学开始写经验总结了，有的同学在及时整理观察日记。
11月13日	观察与养护	四季豆结果了！真让人兴奋啊！豌豆苗越长越大，洋葱长得不错，有的花盆里杂草丛生。
11月27日	观察与养护	四季豆越长越大！拍照！其他小苗还没有开花呢。
12月11日	经验交流会（四）	寒冷的冬天要来了！菜菜们能不能渡过难关呢？大家都没有把握。
12月25日	观察与养护	菜菜们奄奄一息。寒潮一过，大部分植物都冻死了。这回我们知道了，为什么有很多植物只能在春天播种，因为如果在秋天播种，当寒冬来临的时候，它们就会像我们的四季豆一样，果实还在"未成熟"阶段，就被冻死了。嫩绿的果实是不能繁殖的，那它们不是会灭绝？
12月28日	整理观察日记	三个多月的秋种，我们的收获很多，同学们写下了一些观察日记，老师表扬我们妙笔生花呀。

我们的收获

1.通过这次活动，同学们发现问题和解决问题的能力得到有效的提高。在"我们来秋种"活动中，同学们学会了细心观察，积极思考，设计实验，主动探究，勇于创新。

2.通过这次活动，同学们知道了有些种植在菜地里的植物种植在楼顶的花盆里同样能生长。四季豆是一种生存能力很强的植物，非常适合长沙市的小朋友进行家庭或校园种植。

积极开发课程资源，有效服务"生命世界"的教学

在科学课的教学中，生命世界领域的丰富性决定了教学目标的多元化和活动设计的多样性。有老师说："生命世界是精彩的，生命世界也是无奈的。"这里的"无奈"，是指老师们在教学中会遇到很多问题，而有些问题难以找到合适的方法来解决。

最常见的问题就是资源的缺乏。因为"生命世界"包括大量活生生的动物和植物，但是实验室没有现成的且可以反复使用的教学材料。怎样才能使教学活动正常开展呢？下面我通过一些案例，来谈谈如何积极开发课程资源，有效服务"生命世界"的教学。

1. 改善校园环境，充实课程资源

教师可以根据实际情况，有规划地利用校内的土地，开辟花园、植物角、饲养园地等。比如在校园里大量种植桑树，帮助孩子们养蚕。2008年春天，我们从网店买了桑苗，种植在校园里，这些桑树生命力旺盛，不久就长出茂盛的叶子。利用这些桑叶，我们开展了"不一样的养蚕"活动。

不一样的养蚕

活动内容概要

麓山国际实验小学的学生们带着问题进行着"不一样的养蚕"：既养了本地蚕，又养了外地蚕；既养了春蚕，又养了夏蚕；既养了白蚕，又养了彩蚕；既用桑叶养蚕，又用其他植物的叶养蚕。开展了创新型的"新蚕丝，老纺车"等丰富多彩的活动，总结出大量的实践经验，并通过全省各地的科学老师和外国小朋友推广我们的做法。

活动的由来

春天来了，一些孩子开始养蚕。怎样在科学教材的基础上进行创新，将传统的养蚕活动开展得更加丰富多彩，让孩子们得到全新的收获呢？我们制定出一个"不一样的养蚕"活动方案，决定由三名科学老师带领，班主任配合，进行将近一个学期的饲养与探究活动，以期能拓展知识，提高技能。

活动过程

2010年4月—2010年7月，科学老师带领学生们饲养300多条蚕宝宝。我们的养蚕活动有四个"不一样"。

（1）既养了本地蚕，又养了外地蚕。

蚕种来源：长沙本地40条，从浙江杭州网购176条。大部分幼蚕（本地30多条，外地160条）采用桑叶饲养，小部分幼蚕（本地10条，外地16条）采用网购的幼蚕饲料喂养。外地蚕的蚕种是一代杂交种，"菁松×（交）皓月"。

蚕宝宝长到2~3龄的时候，老师在科学课上开展"可爱的蚕宝宝"专题教学活动，引导我们认真观察、积极思考，提出了很多与蚕宝宝有关的问题。这时候本地蚕与外地蚕在外形上还没有特别明显的区别。蚕宝宝一天天长大，我们渐渐发现不同种类的蚕在外形特征上有越来越明显的差异。

（2）既养了春蚕，又养了夏蚕。

通过资料查找了解到，养蚕最适宜的温度在20多摄氏度。夏天在长沙养蚕能不能成功呢？我们做了大胆的尝试。5月5日就立夏了，而在烈日炎炎的6月，我们又养了一批新蚕。蚕卵是从网上买来的，按照常规喂桑叶的方法饲养它们。20多条蚕宝宝，从幼蚕到吐丝结茧，一直都很健康。

（3）既养了白蚕，又养了彩蚕。

在养蚕的过程中，我们做了多次实验。

①幼蚕20条1~2龄时吃桑叶，3~4龄时改喂彩蚕饲料，它们不肯吃。我们将彩蚕饲料涂在桑叶上，它们还是不肯吃。我们狠心地将这些蚕宝宝饿了一天肚子，再在桑叶背面的中央涂上薄薄的彩蚕饲料，它们终于开始吃"涂有彩蚕饲料的桑叶"了。第二天，蚕宝宝的身体就开始改变颜色，之后的几天里颜色越来越深。吃紫红色饲料的宝宝身体是紫红色，吃蓝色饲料的宝宝身体是蓝色。我们把蓝色蚕宝宝叫"阿凡达"。彩蚕吐出彩色的丝，紫红色的比较深，蓝色蚕宝宝吐的丝颜色是很浅很浅的蓝。

②幼蚕20条1~2龄时吃白蚕饲料，到3~4龄时改喂彩蚕饲料，它们都不会"拒绝"。然后身体颜色改变，最后吐出彩色的丝。

③幼蚕20条1~2龄时吃白蚕饲料，到了3~4龄时改喂桑叶，它们都会吃得很快。相比吃饲料，它们更喜欢吃桑叶。

④除了改变蚕的身体的颜色，让它们吐出彩色丝外，我们还饲养了一些天然吐彩色丝的蚕，这种蚕身体颜色是白的，只喂桑叶，吐出的丝有浅绿色和橙

黄色两种。

总的来说，我们培育的蚕有三大类：白蚕白茧、白蚕彩茧和彩蚕彩茧。

（4）既用桑叶养蚕，又用其他植物的叶养蚕。

很多孩子提出：蚕宝宝只能吃桑叶吗？他们尝试用很多植物的叶来养蚕，发现蚕宝宝不仅吃桑叶，它们也会吃莴笋叶，还有校园里的一种掌形叶（开始不知道它叫什么名字，后来了解到是苎麻）。因为它们食量小了很多，我们担心它们会生病，一两天过后，又给它们喂桑叶了。

（5）开展了"新蚕丝，老纺车"的活动。

通过养蚕，我们学习和了解到很多跟蚕相关的知识。现在的蚕与古人养的蚕相比，已经很不一样了。比如为了降低生产成本，提高产丝量，人们做了大量的蚕种改良实验与研究。所以我们把用今天的新科技方法养蚕得到的丝叫作"新蚕丝"。我们还通过老师、家长和网络知道了我国古代劳动人民养蚕的情况。知道了"丝绸之路"的来历；知道有人把古代的中国叫作"丝国"；知道"男耕女织"是指旧时的农家男女分工。那时候，每家每户都有纺车和织布机。我们模仿古代的纺车自己制作了一些纺车模型，把这些模型叫作"老纺车"。五年级的所有同学都尝试了用"老纺车"将网购的蚕茧纺成蚕丝。

我们的收获

（1）通过这次活动，同学们学会了搜集科学信息，掌握了大量关于蚕和其他动物的知识，增强了学科学的兴趣。

（2）通过这次活动，同学们发现问题和解决问题的能力得到有效的提高。在"不一样的养蚕"活动中，他们学会了细心观察，积极思考，设计实验，主动探究，勇于创新。

（3）通过这次活动，同学们体验养蚕及研究蚕的乐趣，更加亲近生命、珍爱生命，爱心与责任感都得到普遍的提高。

2. 积极开发与利用教师资源和学生资源

教师是最重要的课程资源。教师不仅决定了科学课程资源的鉴别、积累、开发和利用，也是课程资源的重要载体，而且教师自身就是科学课程实施的基本条件资源。教材的局限需要教师去突破。"生命世界"的教学中，教师可以发挥自己的创意，为学生开展探究活动提供更广阔的平台。在下面一个案例中，我抓住"大冰灾导致一些植物被冻死"这一契机，引导学生进行探究与创新活动。

城市绿化要根据不同的方位选择树种

长沙麓山国际实验小学六年级学生　　指导老师：张好

问题的提出

新学期开学了，我们在校园里玩耍，总感觉周围好像有什么改变了。有一天，科学老师引导我们观察，发现那些树木不像往年那样生机盎然！是因为刚刚过去的大冰灾使它们受到损害了吗？那为什么有些植物冻死了冻坏了，有些植物还完好无损呢？植物的受灾程度与哪些因素有关？与好朋友商量好后，在科学老师的带领下，我们开始进行探究。

研究过程

（1）我们的观察。

①观察时间：2008年2月27日中午。

②成员组成：王嘉缘、李佳磊、陈家祺、张老师。

③观察路线：从学校南门出发，经过小学部绿化带、食堂、初中部绿化带、操场、足球场、田径运动场、高中部绿化带到学校后花园。

④观察结果：

校园大小植物约1000棵，约有500棵受到不同程度的损害。其中受损最严重的种类有小叶女贞、红花檵木、杜鹃花、杜英树。状况较好的有茶花树、四季青、冬青、樟树等。

我们还惊奇地发现，同样一种植物，种在不同的位置，受灾状况截然不同。栽种在高楼之间的植物安然无恙，而栽种在四周比较空旷的地方，有大部分是被冻坏的。小叶女贞、红花檵木、杜鹃花都有这样的状况。

依据这个现象，学校田径运动场的东南角落是最空旷的地方，那儿的植物是不是被冻得最惨？我们快速地跑到那里，结果与我们的推想完全吻合。这里所有的灌木都被冻坏，抬头一看发现了整个校园里唯一一棵被冻坏的大樟树！

（2）我们的发现

观察中我们发现，校园里的植物的抗寒能力是不同的。张老师让我们再进一步仔细观察，发现所有抗寒能力较强的种类，茶花树、四季青、冬青、松树、水杉等，它们的叶片要么是针形的，要么是叶肉都比较厚的，叶片表面闪闪发亮，像涂了一层蜡。我们可以肯定，植物的受灾程度与它们这个种类是否有着较强的抗寒能力有关。

（3）我们的问题

我们的研究重点落到另外一个问题上：是否在同一个时间里，同一个校园不同位置的温度和风力并不相同，这样造成了同一种类植物的受灾程度不一样？准备好了温度计和风力测量计，我们开始了第二次研究行动。

（4）我们的测量

测量时间：2008年3月7日

测量成员：王嘉缘、李佳磊、陈家祺、张老师。

测量工具：温度计、风力测量计、记录表、铅笔等。

测量地点：大樟树下、小学部大操场、食堂门口、田径运动场中央、田径运动场东南西北角、各个学部各个绿化带、小学教学楼大厅门口、后花园等。

测量结果：

测量地点	温度	风力
大樟树下	6℃	三级
小学部大操场	7℃	二级
食堂门口	7℃	二级
田径运动场中央	3℃	四级
田径运动场东南角	3℃	四级
田径运动场西南角	7℃	三级
田径运动场东北角	7℃	三级
田径运动场西北角	7℃	三级
小学教学楼大厅门口	8℃	二级
后花园	7℃	一级
围墙下	7℃	一级

结果与分析

根据观察与测量结果，我们确定：在同一个时间里，校园里不同位置的温度是不相同的，风力也是不相同的，这就造成了校园里同一种类植物因为栽种的方位不相同而受灾的程度截然不同。由此推断：城市的其他地方应该也会出现相同的状况。而随后走出校园，观察的结果与我们的推想完全吻合。

我们的建议

3月9日早晨，我们看到学校的园丁叔叔们在忙着种树，将冻死的植物替换掉。大量的植物死亡一定也给各个城市造成了较大的经济损失。我们于是上网查询，网上的资料告诉我们，事实确实如此，广西北海竟然有千棵大树都被冻死！

在老师的帮助下，我们进一步了解到目前专家或权威报刊倡导的城市绿化原则里，并没有考虑根据具体方位的温度高低、风力大小来选择树种这一条。由此我们倡议：在城市绿化建设的条例中，要增加一条新的规定，人们将选择防风防寒能力强的植物栽种在相对风力较大、温度较低的地方，以避免同样的损失再出现。

小学科学课程是以培养小学生科学素养为宗旨的一门课程。作为学习主体的学生不仅是教育的对象，更是教育的重要资源。下面的案例中，通过充分利用学生资源，将"生命世界"的课程资源进行了无限的拓展。

"亲近自然，呵护生命"创新作品比赛方案

春暖花开，绿意盎然的季节，世界变得越来越美丽。在大自然中，总有许多生物科学知识等你探索，总有一幕幕生命画面让你感动。现在，请你用相机、用文字记录下来，参与"亲近自然，呵护生命"创新作品比赛，让更多的同学和老师分享你的有关动物和植物的科学知识或者创新研究，共同感受大自然的魅力！

活动主题

以摄影、电脑制作的方法，发现自然之美，学习动植物的相关知识，亲近自然，呵护生命。

作品要求

①摄影作品要求内容健康，画面清晰，构图严谨，角度新颖，富有感染力。

②从不同视角反映动植物的形态、结构和生活习性，作品必须是同一主题的系列组照，涵盖植物的根、茎、叶、花、果实、种子，动物的身体器官、生活环境等。

③创新作品须用PPT完成后期制作，每幅作品要标明主题、班级及主要创作人姓名。同时要对拍摄的植物、动物进行不超过300字的专业性介绍（包括生物学分类、基本特征、应用价值等）。

温馨提示

①本次活动将以班级为单位评出团体奖。

②请充分利用五一假期的时间来完成。在5月9日之前将作品初稿发送到指定邮箱，5月9日—5月20的信息课上可以将作品取回继续进行完善，再将最终参赛作品上传到老师指定的文件夹。

③先确定好主题，围绕主题来拍照。比如主题是介绍一种动物（或植物）的外形特征，就应该是关于这一种动物（或植物）的外形特征的一系列照片。比如主题是探究种子萌发需要的条件，就应该是关于这一个探究实验的各个过程的照片。比如主题是观察花的构造，就可以拍下花的各个部分的特写照片，还可以拍下不同构造的花的照片。

有创意的主题、有创意的摄影表达方式、有创意的探究活动、有创意的文字描写、有创意的PPT制作，都将使你的作品在评比中更加具有竞争力。最重要的是，整个过程中你能主动学习科学知识，提高创新能力。

④可以请你的爸爸妈妈或身边的其他人来参与你的设计。但无论是创意、拍照、查找资料，还是撰写文稿、制作PPT……每一个过程你自己都是总设计师。

综上所述，通过积极开发课程资源，能让"生命世界"的教学成为"有米之炊"，同时更好地实现"生命世界"教学的开放性。

把"皮球"踢给学生

——成立实验管理委员会，解决动物知识教学中的诸多尴尬

在自己和其他科学教师的教学实践当中，遇到如下令人尴尬的事情：

1. 在观察蚯蚓的活动中，一些孩子想要把蚯蚓宝宝切成几段，看看它是不是有很强的再生能力。

2. 在上《蜗牛》一课时，一些孩子把蜗牛的壳敲碎。

3. 学习蚕的知识时，教师告诉学生："气门和蚕体内的气管相连，是体内外气体交换的进出口。有研究者做过实验，如果仅把蚕的头部放入水中，身体留在外面，蚕不会死。相反，如果把蚕的身体放入水中，头部留在外面，蚕就会死掉。"有的学生听说后，觉得很神奇，想要"实践出真知"。

4. 更有很多老师在教学《我们来抽丝》一课后，写下深深的忏悔：

今天这一节科学课的活动是进行抽蚕丝比赛，学生们听到后兴奋不已。谁知接下来却发生了意想不到的事情。当我开始讲解抽丝的步骤（把蚕茧放在烧杯里，用开水冲泡后再放在酒精灯上继续加热……），学生们表情开始出现变化，接下来居然听到一些批评的话语："老师真残酷。""它们被活活烫死了呀！""您平时教育我们要善待小动物……"抽丝活动开始了，可是孩子们分明还在困惑当中，有的眼里噙着泪花，此时的我真的很内疚，对不起，蚕宝宝。对不起，可爱的孩子们。

尴尬出现了，我们都是采用什么样的方法来化解尴尬呢？大部分情况下，科学老师都能积极地应对。比如告诉学生蚯蚓被随意切断后不一定都能再生，向学生介绍蚯蚓宝宝对人类的贡献，让他们知道蚯蚓是人类的好朋友，我们要爱护它们。比如给学生播放工厂加工蚕丝的视频，让学生了解：人类发现了蚕蛹的保护层有用后才大量饲养蚕，不可能让所有的蚕都任其繁殖，除了蚕种场留下一部分用来繁殖，其余的要经过工厂的多次加工制成日常生活用品。"春蚕到死丝方尽"，千百年来，这是生产生活的需要。"我们来抽丝"，

是学习的需要。但所有这些方法都是教师在主动说教，学生被动接受教师所做的思想工作。教师一会儿"拒绝动物实验"，一会儿"为动物实验找理由"，好像有些自相矛盾。而面对此类问题，学生的表现也是矛盾的。孩子们具有好奇心，他们对观察和研究动物表现出极大的热情，聪明的脑袋里会不断冒出新的问题，而一贯以来的科学教育都提倡自主探究，所以那些"调皮孩子"伤害小动物的行为就产生了。而对另外一部分特别感性的孩子来说，不管老师怎样解释，他们都无法接受关于小动物的实验，觉得老师太残忍。一些科学老师不由感叹：就没有更好的办法可以解决这个问题吗？

下面我介绍一种"把球踢给学生"的方法：成立动物实验管理委员会，解决动物知识教学中的诸多尴尬。

1. "动物实验管理委员会"名称的由来

实验动物科学的发展状况是衡量一个国家和一个部门生命科学研究水平的重要指标。实验动物管理是指对实验动物生产和使用过程的科学管理。各国和各级"实验动物管理委员会"的职责是保证实验动物质量、保证人民身体健康、保证环境安全，目前尤其要保证动物福利和动物权利。受"实验动物管理委员会"名称的启发，我决定针对动物知识教学过程中出现的问题成立学校"动物实验管理委员会"。

2. "动物实验管理委员会"的组成

委员会由一定数目的委员组成，委员会主席由委员轮流担任，而且仅拥有组织会议的责任，并无特殊的权力。"动物实验管理委员会"成员均为3~6年级学生，归属学校少年科学院进行管理。

3. "动物实验管理委员会"的职责

（1）在全体同学进行动物饲养活动的过程中，帮助提供相关资料、解决实际问题，并在科学教室布置专栏，策划主题交流活动。

（2）结合科学课关于动物知识的教学内容，策划"珍爱生命"的宣传活动，对随意伤害小动物的行为予以制止。

（3）只要是做关于动物的实验，不管是教师还是学生，都需向委员会提交申请，由委员会商讨与确定解决方案。该不该做实验，委员会可以策划相关的活动，在全体同学中展开积极交流与讨论。

（4）对于决定可以做的实验，委员会要帮助和鼓励同学们积极撰写实验方案和实验报告，对创新型实验进行表彰或奖励。

4."动物实验管理委员会"成立的意义

（1）它将到底该不该做这个实验这一"皮球"踢还给学生，学生在思考和决策的过程中主动性和能动性得到充分的发挥。教师"懒"了，学生勤快了；教师"傻"了，学生聪明了。

（2）由于要决定到底该不该做实验，就得分析实验的价值和对小动物自身的影响，即把爱护小动物作为观察和实验的前提。如果被批准可以做实验，实验前教育先行，并把爱护小动物的要求作为评价他们研究行为的重要内容之一。不伤害小动物、保护小动物的生存环境、放小动物回家，这些做法实现了科学教育与情感教育的完美统一。

（3）由于要申请实验权、要汇报实验结果，孩子们设计和分析实验的能力增强了，撰写实验方案和实验报告的能力也能得到相应的提高。

（4）委员会模拟成人机构进行运作，甚至可以作为社会能力培养课程的一部分。委员会所开展的活动在培养学生的社会责任感方面发挥了重要作用。

5."动物实验管理委员会"的成功案例

（1）"我们来抽丝"被批准了，孩子们积极参加抽丝比赛，教学中的尴尬不见了。经过查阅大量的资料，展开交流与讨论，动物实验管理委员会决定"我们来抽丝"的实验可以做。前提是：①开展小组汇报活动，将收集的关于蚕宝宝对人类贡献的资料用各种方式进行展示。②不用自己饲养的蚕宝宝的茧来抽丝。委员会从网上买来工厂已经处理好的蚕茧，课堂上没有"烫死蚕蛹"这一环节，学生比较容易接受抽丝活动。通过交流与讨论，我们学习和了解到很多跟蚕相关的知识。

（2）在委员会的监管下，课堂上随意将蚯蚓切断、将蜗牛壳敲碎的行为没有了，养蚕的过程中将蚕茧剪开、将蚕淹死的行为没有了，委员会还策划了"珍爱生命"主题科技节，开展了"招募一百名蚯蚓养殖户""不一样的养蚕"等活动，既进行了"珍爱生命"的教育，又通过实验获得一些有价值的科学结论。

综上所述，"把球踢给学生"的方法——成立动物实验管理委员会，能有效解决动物知识教学中的诸多尴尬。

创设"问题库"，有效提高学生的科学素养

小学科学课程标准在阐述课程性质时，提到"培养提问的习惯，能够利用科学方法和科学知识初步理解身边自然现象和解决某些简单的实际问题"。英国科学家波普尔也说过："科学和知识的增长永远始于问题，终于问题，越来越深化的问题，越来越能启发新问题的问题。"一部科学发展史，就是对奥秘的探索与对问题解决的历史。一言以蔽之，科学的发现始于问题。因此，所有科学教学教研工作者都深深地懂得，科学课要十分重视培养学生发现问题的能力。在对新课标的研究和新教材的教学实践中，大家都在探讨如何激发学生发现问题的兴趣，为学生创设发现问题的情境，教给学生发现问题的方法，训练学生逐步养成良好的科学探究习惯，提高学生科学素养。

我从教学实际出发，为学生提供一个可见的操作性较强的平台"问题库"。我的具体做法是：

1. 创设适合本校各年级学生的"问题库"，以直观的形式展现在科学教室。提问的时间可以是课内，也可以是课外。提问的形式是使用孩子们喜欢的即时贴作为"问题卡"，可以随时粘贴在任何位置，也可以随时取下，再粘贴到其他地方。这样孩子们可以随时随地地提出问题、整理问题、解决问题、将问题重新分类。比如在实验的过程中提问题。因为学情的多样性，课堂上往往出现有些小组的实验还在进行当中，而有些小组已早早完成实验，这时候我会想出一些办法来"因组施教"：重复一次实验、给这个小组安排一个升级的探究、鼓励他们发现新的问题等。实验过程中发现的新问题书写在"问题卡"上，粘贴在"问题库"里。这样孩子们不仅不会无事可做，还能养成边做实验边思考的习惯。

2. 教师在科学课的教学中，营造民主的学习氛围，让学生敢于提问；创设丰富的提问情境，让学生有问可提；教学生正确的提问方法，让学生善于提问。在此基础上，直观的"问题库"展现在孩子们面前，不断引导学生发现问题、展示问题与解决问题，教师所做的不是自己提问，而是提供一个平

台启发学生提问。

3. 教师在平时的言行中鼓励学生养成爱提问的习惯。比如学习著名特级教师章鼎儿老师用一个图标来鼓励学生提问的方法，当一个人的知识储备增多了，他的问题不是没有了，而是越来越多。当越来越多的问题解决后，他所获得的知识也就更多。这样问题和知识总是不断递增，知识越丰富的人也就越能提出一些别人提不出来的更有价值的问题。

4. 成立"问题库"管理小组，由学生自主策划如何操作"问题库"，使它成为同学们乐于在任何时间以任何形式提问的平台。在此基础上，每班设立一个"最有价值的问题"收集本，将所有有价值的问题进行收录归类。

5. 师生互动、生生互动，及时实施激励机制与完善评价体系，推进"问题库"的发展。在这个评价体系中，以表格的形式对每位同学进行评价。

6. 适时进行阶段性小结。哪些同学在"问题库"提出了问题；哪些同学提出了有价值的问题；哪些同学在"问题库"解决了问题，解决了哪些问题；运用了哪些方法来解决问题；还有哪些问题没有解决；没有解决的问题中哪些是有价值的问题；"问题库"产生了哪些专题研究课题；哪些同学进行了专题研究；研究的过程是怎样的……

通过将近一个学年的实践与摸索，这些方法和措施与常规教学能有效结合，切实提高了学生的科学素养。

1. 学生的问题意识和提问题的能力增强了

比如当师生交流中提到黑人的肌肉比白人肌肉的密度大，在游泳项目中缺乏优势时，孩子们并不是仅被动地接受这个知识，而是马上就问"那是不是所有皮肤较黑的人肌肉密度都要比皮肤白的人大？""黑人擅长什么体育项目？""有没有黑人也能在世界游泳项目中获奖？"比如我将一只蝾螈养在瓶子里并放在讲台上，孩子们立即围了上来："这是什么？""张老师你从哪里得到的？""它吃什么东西？""它属于哪一类动物？""它有毒吗？"怎样提问题也是一种能力，最初孩子们提出的问题当中有很多是相对价值较低的，比如所有人都无法回答或所有人都能轻松回答的问题，甚至问题本身就有错误。通过一段时间的训练，孩子们提问的能力也增强了，会提出一些比较有价值的问题。当然有时候他们会提出一些不属于自然科学的问题，我仍然予以接纳，只是引导他们自己去理解和辨识。

2. 由"问题库"这个平台发现研究课题，组成实践活动小组或实验小组开展课外活动，能有效提高孩子们的探究能力。

比如当教学中提到"限塑令"的时候，五年级有几位同学在"问题库"贴出了一些关于"限塑令"的问题："到底什么是限塑令？""为什么要颁布限塑令？""限塑令实行到今天，在长沙取得了怎样的成果？在其他城市呢？""其他国家有没有限塑令？"

有一些问题孩子们很容易就得到了答案。通过网络查询，他们知道了因为白色污染造成的严重后果将不堪设想，很多国家都在积极行动，采取措施限塑。2008年1月8日，中华人民共和国国务院办公厅颁发了一份《关于限制生产销售使用塑料购物袋的通知》，从2008年6月1日起，在全国范围内禁止生产、销售、使用超薄塑料购物袋，在所有超市、商场、集贸市场等商品零售场所实行塑料购物袋有偿使用制度，一律不得免费提供塑料购物袋。

"限塑令"实行到今天，到底取得了怎样的效果呢？如果效果不理想，是哪些因素造成的呢？怎样才能更积极地促进"限塑令"的有效实行？虽然这些不属于自然科学问题，但涉及环境保护，并且孩子们的探究精神可贵，我于是鼓励他们自己寻找答案。于是同学们组成了一个问题研究小组，用采访、观察、统计、问卷调查、实地考察等方法来展开研究。经过近两个星期的探索活动，他们整理了大量的资料与数据，拥有了自己的结论与思考，并写出综合实践活动报告。

通过对长沙市"限塑令"实施效果的探究活动，孩子们的观察能力、分析思维能力、合作能力和环境保护意识都得到了提高，并在过程中获得很多感触。

再比如孩子们在学习《蚯蚓的选择》一课后，提出"为什么有的蚯蚓会爬向盒子的外面？"并由此展开实验，探究蚯蚓对光照度变化的反应，发现蚯蚓喜欢黑暗的环境，但要在一定的亮度差异下，才能辨别黑暗与明亮。

3. 由"问题库"组织专题知识收集活动，在活动过程中培养学生的跨学科学习能力和创新能力。

在教学《探索宇宙的奥秘》单元后，学生提出了很多关于宇宙的问题，因为这些问题涉及大量的知识，所以我鼓励孩子们自己想办法找到问题的答案，并组织了一个"宇宙知识卡"的设计和评比活动。在这次活动中，孩子们的创造力得到充分的发挥，交上来的作品图文并茂，并且几乎全是立体异形的，有弯弯的月牙、金字塔、活动挂历、葡萄串、知识果味派……一件件优秀的有个性的作品，无不闪耀着智慧的光芒。

4. 由问题库激发自主设计小制作的欲望，甚至产生小发明作品。比如在课堂上制作"转动的牛顿盘"之后，很多同学边玩边提出了新的问题："如果改变色盘上色彩的分配比例会怎样？""如果是黑白图案会怎样？""如果色盘是其他形状会怎样？"……在我的鼓励下，同学们自主设计了与教材中不一样的转盘，各种颜色、各种形状，有一位同学居然能把他的异形盘拉出奇怪的声音。比如在演示实验"反冲小瓶"的时候，有的同学提出"能不能想办法让反冲小瓶转得更久更灵活？"于是我启发他想办法利用滚珠轴承来固定吊绳，做成一个升级版的反冲小瓶。

另外，在"问题库"实施过程中，教师本身的知识也得到了拓展。因为要帮助孩子们整理问题，要引导孩子们解决问题，有时候我与孩子们一起实践，有时候还需要进行网络查询，在与孩子们一起寻找答案的过程中，自己也获取了很多知识。

由此可见，"问题库"的创设不仅具有充分的理论依据，而且其最大的特点是可操作性很强。实践证明，它是一个教师和学生都能所作为的平台，能有效促进学生形成敏锐的问题意识，并能孜孜以求地探索问题，孩子们的探究与创新能力随之增强。总而言之，"问题库"的创设，能有效提高学生的科学素养。

实验探究蚯蚓对照度变化的反应

问题的提出

2009年下学期的一节科学课，我与孩子们一起观察和研究蚯蚓这种动物。我们设计了一个实验来探究蚯蚓喜欢什么样的环境。具体做法是：将一条湿毛巾铺在课桌上，然后将一个纸盒的盒盖剪掉一端，剩下的部分盖在毛巾上，拿来几条蚯蚓，放在靠近盒口的地方。然后我们开始等待蚯蚓做出怎样的选择。在这一段时间里，我与孩子们一起玩哑语游戏。10分钟过去了，我们开始观察实验现象，全班统计出这样一些数据：12个小组共72条蚯蚓，其中有57条爬向盒子里面，6条待在原地不动，9条爬到盒子外面来了。我们总结出的结论是，蚯蚓喜欢黑暗的环境。但有同学提出新的问题：为什么有的蚯蚓会待在原地不动，还有的蚯蚓居然选择了比较明亮的盒子外面？接下来的一个星期里，我带领另外的几个班做同样的实验，每个班的实验结果都不一样，最让人意外的是有一个班几乎有一半的蚯蚓爬到了盒子外面。是什么原因导致蚯蚓做出不同的选择呢？经过分析与讨论，我们认为蚯蚓的感光细胞的能力可能与人的视力一样有差别，感光能力弱的蚯蚓不一定能感觉到照度的微弱变化。由此做出猜想：是否盒内盒外的光照强度差距大，蚯蚓会更容易做出选择呢？于是我买来了照度计和调光台灯，带领孩子们开始探究了！

研究过程

（一）我们的第一次实验。

实验器材：调光台灯1个、照度计1个、湿毛巾1条、纸盒1个、蚯蚓6条。

实验过程：1. 将纸盒盖的一端剪开。

2. 铺好湿毛巾。

3. 将纸盒盖放在湿毛巾上。

4. 调节好台灯的照度，让盒口处的照度在 23Lux 的位置（照度计对准盒口）。

5. 将 6 条蚯蚓放在靠近盒口的位置。

6. 10 分钟后进行观察。

7. 实验结果：4 条蚯蚓爬向盒内，2 条蚯蚓爬向盒外。

我们的思考：为什么不同的蚯蚓会做出不同的选择呢？也许不同的蚯蚓感光能力不一样；也许放下蚯蚓的时候头的朝向不一样；也许头的位置不一样；也许很多蚯蚓纠缠在一起会相互干扰……

（二）通过这一次实验，总结了一些经验，确定了一些应该控制的条件。比如蚯蚓要放在盒内盒外相接的位置，从这个区域往盒里面照度明显减小，往盒外面照度明显增大；比如不让几条蚯蚓纠缠在一起，每次只用一条蚯蚓做实验；比如放下蚯蚓的时候都让它头部朝外。

在此基础上，我们反复进行实验。情况如下：

蚯蚓编号	盒口照度（单位：Lux）	爬向盒内	爬向盒外
1号	001		√
1号	001		√
1号	001		√
1号	003		√
1号	005		√
1号	008		√
1号	009	√（先平移，然后往里爬）	
1号	010	√	
1号	015	√	
1号	019	√	

我们的分析与思考：通过这一次实验，好像蚯蚓在照度 009Lux 左右的时候会感到不适，然后选择往很多方向试探，最后往黑暗的盒子里面爬。是不是其他蚯蚓也会如此呢？

（三）我们接下来用另外几条蚯蚓做同样的实验。情况如下：

蚯蚓编号	盒口照度（单位：Lux）	爬向盒内	爬向盒外
2号	001		√
2号	003		√
2号	005		√
3号	001		√
3号	003		√
3号	005		√
2号	008	√	
3号	008	√	
4号	008	√	
5号	008		√（想钻进毛巾里面，努力了很久，没有成功）
5号	009		√
5号	010		√
5号	015		√
5号	019		√
5号	156		√
5号	217		√（有反应，先往回缩，最后还是往外爬）

我们的分析与思考：2、3、4号蚯蚓的情况与1号蚯蚓有些相似，在照度差异较大的情况下才会往黑暗的盒子里面爬；但5号蚯蚓在实验中出现了一个意外的现象，这条蚯蚓在感到照度不适的时候选择使劲往毛巾底下钻，坚持了一段时间没有成功，它仿佛对照度已经失去了感觉，照度变得再大，也不做任何其他反应，依然快速前行。是否蚯蚓的感光细胞也有一定的适应

性，长时间待在照度大的地方，就变得麻木？或者说，它要在照度差异很大的情况下，才会感觉不适而有所反应呢？我们决定不使用纸盒，重新设计实验方案。

（四）新的实验。

方案：先将湿毛巾平铺在桌面上，然后将中间部分推成一条小沟（小沟里的光线较暗，约为001Lux），当蚯蚓在小沟里向前爬行的时候，将不同照度的灯光照在它的头部，看它会做出什么反应。

我们的预测是：在不同的照度下，实验结果是不一样的。实验情况如下：

蚯蚓编号	小沟内照度	突然照到蚯蚓头部的照度	继续向前爬	后退
1号	001	004	√（继续向前爬，后来居然从小沟里爬出来了）	
1号	001	005	√	
1号	001	006	√（有些犹豫）	
1号	001	009	√（停住一小会儿，再继续往前爬）	
1号	001	010	（先将头往回缩，再停在原地，再继续向前爬）	
1号	001	011		√（将头往回缩，开始后退）
2号	001	004	√	
2号	001	005	√	
2号	001	006	√	
2号	001	009		√（将头往回缩，开始后退）

（五）接下来我们用同一条蚯蚓不间断地做实验，每次实验后不关掉台灯，也不提供让蚯蚓回到黑暗环境里的时间，只是不断地旋动台灯的调光按钮，使照度持续地上升。实验情况如下：

蚯蚓编号	小沟内照度	蚯蚓头部的照度	继续向前爬	做出反应
3号	001	004	√	
3号	001	005	√	
3号	001	006	√	
3号	001	007	√	
3号	001	008	√	
3号	001	009	√	
3号	001	010	√	
3号	001	012	√	
3号	001	014	√	
3号	001	016	√	
3号	001	018	√	
3号	001	022	√	
3号	001	026	√	
3号	001	030	√	
3号	001	034	√	
3号	001	044		头往回缩
3号	001	054		头往回缩
3号	001	064		头往回缩
3号	001	074		头往回缩
3号	001	084		头往回缩

我们的发现

1. 所有的实验中，蚯蚓的尾部只随头部的运动继续往前爬或者往后退。比如蚯蚓感觉到照度不适的时候，会很快将头往回缩，身子往后退。

2. 蚯蚓长时间待在照度大的地方，就变得麻木。

3. 在我们的实验中，要在照度差异比较大的情况下，蚯蚓才会选择比较黑暗的环境。

我们的创新

在此项研究过程中，我们采用了两种创新的实验方法：

1. 用改进后的暗盒装置来做实验，研究蚯蚓选择黑暗还是明亮的环境。课本上和其他参考书上介绍的"蚯蚓喜欢黑暗的环境"实验，是用一个有盖的纸盒，把里面涂黑，在盒的一端剪去一个长条形，在盒底垫上塑料膜和土壤，往土壤里洒水保持湿度一致。用这样的装置来做实验，有几个弊端：（1）蚯蚓宝宝会钻到靠近盒口的底盒与外盒之间。（2）湿度应该是一个相同条件，但是往土里洒水较难做到使各处湿度完全相同。这会给实验增加一个不同条件，使实验的科学性得不到保障。而我们的实验方法在此基础上有所改进：a. 使用刚刚打湿再拧干的湿毛巾代替土壤和塑料薄膜，简单方便，又能严格控制湿度条件。b. 仅使用一个底盒或一个外盒，直接盖在湿毛巾上，只要轻压纸盒或将毛巾上覆，就可以得到一个黑暗、潮湿的环境。

2. 将湿毛巾堆起成一个小沟来做实验，研究蚯蚓在照度改变后的反应，这样便于观察和测量，简单易行。

我们的建议

小学科学老师在带领学生做"蚯蚓喜欢黑暗的环境"的实验的时候，要提供一个合适的教室环境，盒内盒外的光照强度差距大一些，实验效果会更好。

STEM 项目学习的实践与创新（1）

——水和温度的变化对植物生存的影响

内容标准

动物和植物都有基本的生存需要，比如空气和水；动物需要食物，植物需要光。栖息地能满足生物的基本需要。

举例说出水、阳光、空气、温度等的变化对生物生存的影响。

学习目标

1. 通过观察和实验，了解学校屋顶农场的植物在夏天的生存状况。

2. 思考是什么原因影响了屋顶农场的植物的生长，并通过观察和实验证明自己的想法。

3. 自己动脑动手，解决屋顶农场植物如何度过夏天的问题。

4. 通过解决生活中的实际问题，培养跨学科学习能力。

教学过程

1. 发现问题

（1）观察与交流。

暑假过后，学校屋顶农场有很多植物都枯萎了。教师带领学生观察这些植物，说出它们与炎热的暑假之前相比有什么变化，并分析发生这些变化的原因。当学生说到水分、温度相关的因素时，启发他们思考：在夏天的时候，这些植物所得到的水分、温度条件与春天不一样，炎热干燥、没有人工维护导致这些植物枯萎。但为什么同样是夏天，校园里平地上的同种植物没有枯萎呢？引导学生思考并设计实验证明自己的想法。比如学生说到屋顶的土壤温度比平地土壤温度更高、屋顶的土壤湿度比平地土壤湿度更低时，让他们说说自己的想法，并设计实验来证明自己的想法。

（2）实验与结论。

在夏天做实验，测量屋顶农场的土壤与地面土壤的温度与湿度，空气的温度与湿度，获得大量数据。通过对数据的分析比较，得出结论：在夏天，屋顶农场的植物与地面的植物所获得的水分、温度条件有很大的差异，正是这个原因导致屋顶农场的植物不能正常度过炎热的夏天。

（3）提出问题：如何帮助屋顶农场的植物度过夏天？

2. 解决问题

（1）思考与交流。

教师组织学生想办法解决屋顶农场植物如何度过夏天的问题。通过师生交流讨论，总结出各种方法与途径。比如安装自动灌溉装置、架设遮阳网、设计自动收集雨水循环利用屋顶模型等。

（2）设计与制作。

教师组织学生分组开展实践活动。安装自动灌溉装置的小组和架设遮阳网的小组都需要做的事情：对屋顶农场进行场地测量，画好装置示意图，计算好需要多少材料，规划如何进行操作、如何分工合作等。设计雨水循环利用屋顶模型需要学生大胆创新，画出有个性的设计图。

3. 总结与评价

学习与实践活动之后，以小组为单位进行交流与汇报，分别介绍本组的活动过程。可以组织一次全校性的展示活动，以自己喜欢的方式将这一个STEM项目学习向全校师生做出介绍。

案例评析

这是一个STEM项目学习案例，基于课程标准，来源于生活实际。学习过程需要3～4个课时以及课外的时间。

本案例教学可以促进学生思维的发展。STEM教育让青少年触摸真实的世界，思维发展是STEM教育的基石。从学生观察发现屋顶植物与地面植物生长状况的不同，到推测原因，再到实验验证，最后想办法解决屋顶农场植物如何度过夏天的问题，整个过程中学生需要不断经历思维活动，这些思维活动帮助他们一步一步地解决问题。

本案例教学可以提高学生跨学科学习的能力。STEM项目学习让学生运用多学科知识和能力来解决问题，以提高学生的综合素养。探究屋顶农场的植物为什么会枯萎，需要运用科学知识和能力；如何帮助屋顶农场的植物度过夏天，如何安装自动灌溉装置和架设遮阳网，需要技术与工程思维；过程中测量和计算数据，需要运用到一些数学知识；在表达制作方案的过程中，需要运用语言能力和画图的技法。关于设计雨水循环利用屋顶模型，也是一项特别有意义的活动，它能很好地培养学生的技术思维、工程思维以及创新能力等，优秀的作品可以做成模型参加展示或比赛，将为"海绵城市"的建设做出贡献。

STEM 项目学习的实践与创新（2）
——"改进牛顿色盘"教学案例及分析

科学教材中有一些制作课，让孩子们能够学以致用，并提高动手动脑的能力。在此基础上，我们还可以从教材中进行挖掘，结合生活和学习实践设计 STEM 项目学习，给学生搭建平台制作和改进一个产品，从而获得技术思维与工程思维的提升，有效发展创新能力。

例如，我在学生学习过光的色散、弹力知识的前提下，给孩子们设计了一个 STEM 项目学习——改进牛顿色盘。这个项目的研究内容是改进一种学具的设计。

科学工具箱里有一种叫"牛顿色盘"的学具，它提供材料让学生来制作可以转动的七色盘，发现七色光可以复合成白色光。但是这个七色盘的设计不完美，因为它就是一个普通的七色圆形纸卡，中间有一个小孔，意思是让学生用铅笔穿过去旋转它，以看到七色纸卡变成白色，而事实是，看到的是土黄色。基于此，我开展了以下教学并带领孩子们来解决问题。

发现——假设——尝试

第一课时，发现问题和尝试解决问题。首先，我让学生玩牛顿色盘，让他们由此发现问题：为什么七色盘没有转成白色呢？学生会有各种想法，聚焦到两个原因：一是转得不够快；二是颜色比例分配不合适。

先解决转得不够快的问题。"你可以想哪些办法让它转得更快呢？"为了更好地拓展学生的思维，老师可以跟他们玩接龙游戏。比如我说："贴在车轮上，车子开多快，它就转多快。"当学生想到一种玩具的时候，我再鼓励他们想到更多的能快速转动的玩具（如陀螺、溜溜球、拉线飞轮等）。在这一过程中，有学生提议制作一个拉线牛顿盘。

"这个办法特别好，如果能做成功，我们不是就发明了一种新的科学玩具吗？"接下来孩子们设计制作拉线牛顿盘，他们认为只要在七色圆形纸卡中间打两个小孔，穿上两根绳子就可以了。

孩子们开始按照自己的设计来进行制作，结果没有一个孩子成功，圆形纸卡搭在线绳上无法转动。但孩子们没有气馁，他们通过观察工厂生产的拉线飞轮，思考并交流讨论，积极改进制作方案。

孩子们发现工厂生产的拉线飞轮有一定的厚度，也许我们需要把纸卡片粘贴4～5层或者中央贴上一颗纽扣，这样纸卡片才能"立起来"。这是他们的改进方案：

1. 将4～5层圆形纸卡片黏合到一起。或者选用两孔纽扣粘贴在七色圆形纸卡的中央，扣子要粘牢压紧，纽扣和纸卡应该是两个同心圆。

2. 将两根拉线分别穿过纽扣上的两个小孔，拉绳要调整到合适的长度。

孩子们根据改进后的方案制作转得更快的牛顿色盘。两种方法都获得了成功，孩子们开心地玩着，但是问题又来了，尽管七色盘飞轮转速特别快，却不能复合成白色，仍然只是淡淡的土黄色。解决"转得不够快"的问题没有使我们达到目的，我们的目的是让七色盘转成白色。那么接下来的任务就是：探究改变七色盘的色块分配比例能否让七色盘转成白色。

探究——实践

第二课时，研究七色盘的色块分配比例。工具箱里的七色盘中红、橙、黄、绿、蓝、靛、紫七种颜色是平均分配的，真实情境中七色光色块的分配有什么特点？颜色比例是相同的吗？孩子们提出查询网络数据、通过实验进行测量等方法。首先我们自己来进行实验探究。师生一起来到室外阳光下，学生分组用三棱镜做光的色散实验，我拍下各个实验小组的色散照片，回到教室后将这些照片投屏显示在课件上。让孩子们仔细观察这些照片，并说一说他们的发现。孩子们的发现有很多：1. 实验中不同照片色光的颜色都是相同的。2. 都由很多种颜色组成，肉眼大致分辨出红、橙、黄、绿、蓝、靛、紫等颜色。

3. 这些照片中各种颜色界限比较模糊。4. 同一张照片中这些颜色所占的比例并不相同。接下来通过网查资料我们了解到：太阳光由很多种不同波长的光组成，这个数量是无穷的，只是人肉眼大概能分辨出来七种颜色，这七种颜色所占比例也是不相同的。

这时孩子们认为需要将平均分配颜色的七色盘进行改变。课件显示放大版的已做好七种色光范围标记的照片（事先根据太阳光的可见光谱来大致划分七种颜色的范围），我再将百分比数据提供给学生，学生根据百分比计算扇形统计图中各个扇形的角度。

画扇形统计图时，需要用到直尺和量角器。最后再进行涂色，自己制作的七色盘就完成了。

纠错成功——产品分享

第三课时，用自己制作的色盘来做成拉线飞轮。因为第一课时的铺垫，孩子们已经有了制作经验，他们将自己制作的七色盘代替学具材料里的七色盘，运用两孔纽扣和弹性较好的线绳来制作拉线飞轮。一个个新的作品出现了，在强光下旋转的拉线飞轮呈现出白色，我们成功了！

最后，我鼓励孩子们一起给教具公司写一封信，建议用这种能快速旋转的、色彩分配比例不相同的拉线飞轮牛顿盘来代替原有的学具。甚至还可以给玩具工厂写一封信，让他们制作这种新型的科学玩具。我们要详细介绍制作方法，画好工程设计图，写好产品说明书。

接下来的活动每个孩子可以任选一个或多个参加：1. 写一份产品制作说明提供给工厂。包括产品的生产价值、产品部件名称、数量及细节要求、产品需要达到的效果等内容。2. 写一份产品使用说明提供给消费者。包括有拼装步骤、成品结构图、成品操作方法及工作原理等内容。

说明书完成之后开展一个小型交流和展示活动，通过相互评价，孩子们总结出一些宝贵的经验。比如在画成品结构图时要做好标注，可以从各个不同的角度来画图，等等。

三个课时的项目学习，孩子们经历由失败到成功的过程，自己改进已有的教学学具，发明科学玩具，这是一种更加贴近生活的高品质的学习。在牛顿色盘的教学过程中我重在落实三种理念：

1. 让学生经历试错的过程，以拓展技术思维和工程思维。我一直认为STEM教育让青少年触摸真实的世界，思维发展是STEM教育的基石。但往往很多时候，因为学生只是简单地制作一个东西，顺利地经历想和做的过程，思考不够深入，达不到提高技术和思维的效果。在这一个项目学习当中，学生为了解决"色盘转不成白色"的问题，先是提出了自己的想法：可能是因为转动不够快，还可能是因为颜色比例分配不合适。接下来他们尝试制作一个拉线飞轮七色盘，却惨遭失败，全班没有一个同学制作成功。在这个时候他们不得不认真思考：平时我们玩的工厂生产的拉线飞轮各个部分有什么特点？是什么原因导致我们的作品转不起来？并将自己的推测一个个进行验证。在这些反复观察、比较、推测、验证的过程中，孩子们的思维得到了发展。

2. 让学生用课堂研究成果来解决实际问题，以培养学生的创新意识。在这一个项目学习的过程中，学生始终处于真实情境：改进一个学具。如何在任务当中培养学生的创新意识呢？我首先通过一个头脑风暴"怎样让色盘转得更快"让学生意识到：通过发散思维可以获得很多不同的方法。学生的思维发散后再集中研究一个问题：制作一个拉线飞轮。在学生制作成功之后，一起来给教具公司或生产厂家写建议，让学生懂得他们也可以参与到生产实际，用自己的智慧和劳动让生活更美好。当学生真切地感受到创新的价值，他们就能在今后的学习和生活当中有意识地产生创新的想法和行为。

3. 让学生运用多学科知识和能力来解决问题，以提高学生的综合素养。在按比例分配色块的过程当中，需要运用到一些数学知识和能力：计算百分比、画扇形统计图等。在表达制作方案的过程中，需要运用到语文能力和画图的技法。当学生整合这些知识和能力来解决实际问题、形成物化成果后，他们的综合素养得到了有效的提高。

自己设计的小灯泡实验

——《点亮小灯泡（二）》

教学《点亮小灯泡》一课的过程中，我反复地将电池、小灯泡和导线拿在手中把玩，突然想起一个问题：能不能不使用导线也能将小灯泡点亮呢？经过一段时间的摸索，我成功了！原来我们实验中使用的聚能环电池的底部有一个绝缘环，去掉那个绝缘环，会出现一个小沟槽，小沟槽的两边分别是电池的正负两极，只要将小灯泡的螺旋壳和连接点分别与小沟槽的两边连接起来，小灯泡就能被点亮。

那其他的非聚能环的普通电池，又是怎样的构造呢？其他的普通电池能不能直接让小灯泡亮起来？经过细心的观察和实验，我发现，与聚能环电池不同的是，一般电池的小沟槽在电池帽的一端。而将小灯泡的螺旋壳和连接点分别在这里连接电池帽与电池壳，也能将小灯泡点亮。也就是说，一般电池的正极是电池帽，负极是电池壳和电池底；而聚能环电池的正极是电池帽和电池壳，负极是电池底部中间的部分。

通过观察各种各样的电池，我又发现，并不仅仅聚能环电池是这样的结构，其他的碱性电池也是这样的结构。通过网络资料得知，碱性电池中心的锌为负极，外层的电解二氧化锰为正极，电解液是强碱溶液，加上锌负极的气泡，这个地方的绝缘很让人头疼。对于很多绝缘体来说，强碱＋气泡导致绝缘击穿，自放电，那个红色的圈圈就等于又加了一个绝缘帽子，减少自耗。

从实践到理论我都肯定了：不使用导线也能将小灯泡点亮。于是我去逗孩子们玩儿："老师可以不用导线，让小灯泡亮起来，你们相信吗？"孩子们坚决不相信，于是我就把它设计成一个课堂教案《点亮小灯泡（二）》，在教学《小灯泡》与《电路的连接》之后增加一个自编内容，教学效果很不错。

《点亮小灯泡（二）》教学进程

复习旧知

1. 谈话："同学们请看，灯泡、电池、导线，还记得怎样让小灯泡亮起来吗？"

2. 课件展示各种不同的连接方法。提问："这些办法都能让小灯泡亮起来，为什么呢？"

3. 学生回答，课件展示模拟电流通过的路径。

引入新课

1. 分发小灯泡和电池，让孩子们点亮小灯泡。孩子们纷纷提出要求："我没有导线，我还要导线！"谈话："今天我们学习的是《点亮小灯泡（二）》，不用导线，让小灯泡亮起来。加油，孩子们！"

2. 学生继续进行实验。

3. 学生找不到正确的方法，可能会向老师求助；老师追问："你的困难在哪里？"

4. 教师微课解说电池的正负极结构。（培养观察力和思考力）

5. 有的孩子受到启发后开始尝试。

6. 孩子们继续实验。教师耐心等待每一个孩子自己去发现，去领悟。

发现问题，解决问题

慢慢有同学获得了成功！有的同学怎么做都不行。在这个过程中教师在一边旁观，任由学生开心、困惑、交流、争议，在关键的时候给予提示，推动学习的进程。比如："为什么你的不可以？""在什么条件下小灯泡能亮起来？"

教师不断引导学生思考，让每个孩子都成功！让每节电池都成功！

过程中运用绝缘体、导体、短路等知识。

新的发现

引导学生提出新的问题：比如所谓"聚能环"就是指那一个绝缘环吗？"聚能环"有什么特殊的作用？教师随机进行简答并引导学生课外探究。

结束新课

谈话："这节课你有什么收获？"

创新点：

1. 课中展示一个新的教学内容。在《点亮小灯泡》后增加的这一课，它是我在各版本的科学课教学内容之外自编的内容。

教学目的在于：

（1）引导学生探究不用导线连接也让小灯泡亮起来的方法，发现"聚能环"电池与一般电池的不同之处。进一步了解电池的基本构造，了解什么是短路，什么是回路。

（2）培养学生的科学探究能力、观察能力、比较能力、提出问题和思考问题的能力等。

（3）激发学生探究生活中的科学的兴趣。

2. 课中展示一种新的合作理念：不仅仅是小组成员共同完成一个实验才称为合作。在这节课的教学过程中，为了让每个孩子都能获得更多的体验，要求每个孩子自己独立完成实验。这时候的合作表现在不同实验现象的共享。有的孩子成功了，有的孩子没有成功。这是为什么呢？有什么不一样呢？孩子们不知不觉会去思考、去观察、去不断地实验，最后找到答案。

3. 课中展示一种新的教师角色定位。在课前教师精心设计好有结构的材料、课件等，以此引导学生去发现问题解决问题。在课中教师旁观学生做实验，并鼓励他们，这样才能有效地促进学生的独立思考。

让思维与实验同行

本节主要介绍我在《探索马铃薯沉浮的原因》一课中创造性地处理教材和设计实验的情况。

如何有效地引导小学生探究物体的沉浮规律一直是科学教师的困惑。各个版本的教材编写者也一直在试图解决这个问题。

基于多年的教学实践，我反复思考为什么"沉浮的规律"这一部分内容不好教。关键在于学生的认知水平和思维特征还没有达到，他们依然是以形象思维为主的，无法在肤浅的概念和大量混杂的实验基础上去抓住本质。这种情况下需要教师围绕知识核心设计教学方法，让学生觉得简单易懂，并在一个方向上去进行探究。学生很喜欢水，也喜欢把不同的材料放在水里，观察它们是沉还是浮。物体的漂浮能力，涉及密度的概念，中学阶段把密度描述为物体的质量和体积的比值。但在小学阶段，我们可以用与同体积的物体比重量来进行渗透。我们应该明确，围绕科学概念正确地组织教学，才能利于学生形成正确的科学概念。很多教学中教师让学生用橡皮泥来做沉与浮的实验，先让学生把一团橡皮泥放到水里，当橡皮泥沉入水底，教师让学生把橡皮泥捏成扁平形状，橡皮泥就可以浮在水上了。这实际上在给学生灌输一个错误的前概念——物体的形状决定沉浮。学生会越学越糊涂。

既然要让学生探究物体沉浮的规律："比同体积水轻的物体，在水中上浮；比同体积水重的物体，在水中下沉。"我们的教学应该始终围绕这一目标来进行。我决定选择形状和体积都相同，只有材料（重量）不同的物体来展开实验，并在过程中不断地推进思考，不断地开展新的实验。

于是，我运用思维发展和实验探究并进的方法，对教学做了大胆的改变。

课题《沉浮的秘密》

教学过程

1. 引入。

教师出示4种形状和体积相同，材料（重量）不同的物体，与学生交流，让学生一一认识它们，"如果将它们放入水中，会怎样？"

学生作出推测。

实验验证，将这些材料放入水中，有的沉，有的浮。

2. 探究。

教师：为什么有的沉有的浮？你认为是什么影响了这些物体的沉浮？

学生：轻重。

教师：轻重影响了物体的沉与浮，那么是不是一定这样呢？

学生实验：我们来测量一下物体的重量（介绍测量的工具：弹簧测力计，一个刚好能装进这些材料块的塑料小桶）。把这几种物体装进去，进行测量。各小组将测量的数据填写在实验卡上。

我将测量结果写在黑板上。让同学们发现其中的规律。

学生发现轻的浮，重的沉。

教师：哦，轻的浮，重的沉？

（出示一个大木头，一个小铁块。木头比铁块重，但会浮在水面。）

教师：这个现象说明，我们说轻重影响物体的沉浮，是在什么样的条件下？

学生：在同样体积的情况下，轻重影响沉浮。

追问：在同样体积的情况下，轻重会影响沉浮，那要重到什么程度呢？比谁重算是重呢？

在这个问题下，有些孩子能想到"水"，他们说："因为这些物体是待在水中的。"如果学生想不到，教师可以引导学生想"和水比"！

教师：那我们将这些物体的重量来和水比好不好？

师生一起做实验，测量同体积的水的重量。

得出水的重量后，进行追问：你认为水的数据应该写在哪里？你们发现了什么规律？

学生发现在水中上浮的物体都比同体积的水轻，在水中下沉的物体比同体积的水重。

教师：比同体积的水重的物体在水中会沉，比同体积水轻的物体在水中会浮，这个结论是不是正确呢？我们现在来进行一次验证。

演示实验：马铃薯在清水中会沉。

教师：按照刚刚我们得出的规律，马铃薯和同体积的水谁轻谁重？

实验：看看马铃薯是不是比同体积的水重。

教师：怎么样才能得到体积相等的马铃薯和水呢？

学生讨论。

教师：非常好，但老师有一个更加直观和简便的方法。（找到一个圆柱形塑料容器，利用它将马铃薯掏成圆柱形，出示另一个一模一样的塑料圆柱容器，装满水，比重量。利用天平进行快速而直观的比较。）

称量的结果：马铃薯比同体积的水重。

教师将马铃薯放入另一个水槽中，马铃薯浮起。

教师：为什么？

学生：这是盐水。

因为有了前面实验的铺垫，有的学生会想到"同体积的马铃薯比同体积的盐水轻"，如果学生想不到，教师可以启发：你认为马铃薯和同体积的盐水谁轻谁重？

学生：马铃薯比盐水轻。

学生：同体积的马铃薯比同体积的盐水轻。

实验：看看马铃薯是不是比同体积的盐水轻。

实验证明：马铃薯比同体积的盐水轻。

3. 拓展。

教师：其他物体是不是都符合这个规律呢？回家后你可以想办法继续做实验，并把实验方法与过程写下来。

到这时，教学任务已经圆满完成。

我们来回顾一下学生在整个过程中的思维发展与实验开展的过程：

思考1：如果将不同材料的同体积的物体放入水中，哪些会浮？哪些会沉？

实验1：将这些物体放入水中，验证自己的猜测。

- 103 -

思考2：你认为是什么影响了这些物体的沉与浮？

实验2：测量这些物体的重量，验证自己的猜测。

思考3：在同样体积的情况下，轻重会影响沉浮，那要重到什么程度呢？比谁重才算重呢？

实验3：测量同体积的水的重量，发现物体在水中的沉浮规律。

思考4：怎样验证这个规律？

实验4：将马铃薯与同体积的水比重量，验证自己总结的规律。

思考5：由此可以推断物体在盐水中沉浮的规律吗？

实验5：将马铃薯与同体积的盐水比重量，验证自己推测的规律。

思考6：其他物体是不是也符合这个规律呢？

实验6：回家后可以继续做实验。

课中的六个实验，有的是教师演示，有的是学生分组实践。

什么样的科学课是一堂好课？评价的标准有很多。无论是常规教学还是竞赛课，我们往往会看到一些"空虚的热闹"。有些实验看上去很有趣，让学生激动不已，但繁华的表象后面，学生对为什么实验、怎样实验以及实验结论却缺少深刻的思考。这是典型的"活动有余、思维不足"。

我认为好的课堂最重要的元素应该是：循序渐进的思考。"沉浮的秘密"一课改进后的系列实验，避免了原实验方法的弊端，更重要的是让学生的思考有了方向，思维的发展成为主旋律。在不断深入的问题中开展实验，在不断开展的实验中拓展思维的深度。让思维与实验同行，科学课要做的也就是和学生一起经历一个从事物现象到本质的认识过程。我愿意和所有的科学教师一起努力，去追求这一种最理想的教学境界。

磁铁能吸引什么

2018年5月，二年级还未开设科学课，但我接到任务需要给二年级上一节科学课。当时从还未出版的二年级教材中选择了《磁铁能吸引哪些物体》一课（当时还是内部资料，课题没有改为《磁铁能吸引什么》）。学生没有上过一节科学课，没有任何学习基础，更不知道何为"材料"。怎么解决这个问题呢？我想了一个办法，选择了一些由一种单纯材料做成的物体来上课，比如铁钉、锡丝、铜片、铁片、铝片、铁丝、小木块、玻璃珠、橡胶片、泡沫块、陶瓷片、塑料片。

课堂教学实录

年级：二年级

学情：第一次上科学课

教学目的

1. 引导学生认识磁铁能吸铁。
2. 培养学生的逻辑思维（归纳、演绎等）和求真精神。
3. 引领学生经历探究的过程，激发探究科学的兴趣。

教学过程

1. 课前师生互动，引入课题。

（课前准备，课件上展示一句话：学习科学最重要的是思考，思考，再思考。——长沙麓山国际实验小学 张好）

师：今天我们第一次见面，你们怎么叫我呀？（课件透漏了信息）

生：张老师。

师：真聪明。

师：今天，张老师和聪明的同学一起来上一节有趣的科学课，你们喜欢吗？

生：喜欢。

师：先给你们看一个人（课件：哈利·波特），他是谁呀？

生：哈利·波特。

师：哈利·波特是什么人呀？

生：魔法师。

师：看第二个人，是谁呀？

生：魔术师。

师：第三个人……（课件出示空白页，学生诧异，老师神秘地指向自己）在这里。张老师既不是魔法师，也不是魔术师，是一个——

生：科学老师。

师：科学老师也可以给我们见证奇迹的时刻。你们看！这个是什么？

生：杯子。

师：这个呢？

生：硬币。

趣味实验表演：硬币丢到纸杯里不见了。

师生互动交流，教师板书：磁铁。

2. 探究磁铁能吸引哪些物体。

师生互动交流（前概念调查）。

师：这个硬币能被磁铁吸引，那其他物体呢？今天老师给同学们准备了一些其他的物体，我们来看一看，都是什么物体？（课件展示实物图片）请一位同学读一遍。你认为这些物体中哪些能被磁铁吸引呢？

生：铁钉、锡丝、铜片、铁片、铝片、铁丝能被磁铁吸引。

生：铜片、铝片不行。锡丝、铁钉、铁片可以被磁铁吸引。

师：（问一个没有举手的同学）锡丝能不能被磁铁吸引你知道吗？

生：（犹豫）能被磁铁吸引。

师：那到底是不是这样的呢？想不想自己动手来试一试？

下面我们就像科学家那样来做实验！先把实验要求仔细地看一遍。看完了做一个这样的手势告诉老师。

师：你有什么问题吗？

生："小黑屋"是什么？

师：是这个！我们用它来装器材。1号同学是器材管理员，我们叫你"黑屋警长"……再看一看实验记录是怎样的。

分组实验。

"黑屋警长"领器材，教师巡视指导。

实验做完了做个手势告诉老师。

汇报交流。

师：哪些物体能被磁铁吸引呢？请把你们组的实验结果说给其他同学听一听。其他同学与他一起交流，如果你们与他的结果相同，你就用一个手势来表达。你用什么手势呀？如果结果与他的不一样，你们怎么办？

生做手势。

师：好的。你们之间在交流，那张老师做什么呢？

生：统计结果。

师：好的，如果你们的结果都是一样呢，我就在黑板上写下来。

生：玻璃珠不行。

师：还有没有更好的说法？

生：不能。

师：不能怎么样？

生：不能被磁铁吸引。

师：把话说完整。

生：玻璃珠不能被磁铁吸引。

师：好的，玻璃珠不能被磁铁吸引。

……

师：想一想，这些能被磁铁吸引的物体有什么相同的特点呢？

生：都是铁做成的。

师：那老师把它写下来。

板书：磁铁能吸引铁。

师：世界上有那么多物体，磁铁一共能吸引多少种物体呢？我们来看一份资料，请一位同学读一遍。

知识应用及拓展。

师：谢谢你。现在奖励你上台表演魔术。

师：还是这个纸杯子，杯子里有一块磁铁。

学生趣味实验表演：硬币丢到纸杯里，明明纸杯里有磁铁，硬币不能被吸住。

有孩子认为表演的方法不对，都跃跃欲试。

师：谁再来试一试？

硬币总是从杯子里掉下来，学生感到很意外，但马上展开积极思考。

生：是假币……

师：不是假币。但它确实和刚才那枚硬币不一样。有什么不一样呢？

生：是铜的

生：是塑料的。

师：不是塑料的，想知道它是什么材料做成的吗？这个硬币是铝做成的。刚刚我们做过实验，铝能被磁铁吸引吗？

生：不能。

3. 实验：磁铁能吸引哪些硬币。

师：原来，不同的硬币成分不一样。我们来看一看这些硬币，其中哪些能被磁铁吸引呢？（不同的硬币图片下标注了各自的成分）

生回答。

师：你是怎么想的？你的理由是什么？

生：因为成分里含有铁。

老师引导学生用完整的话来表达演绎推理。

师：这一次不是瞎蒙，你是有理由的。那到底哪些硬币能被磁铁吸引呢？我们要不要试一试？

把实验要求看一遍。交流实验结果。

师：1号硬币和5号硬币不能被磁铁吸引，刚才你猜对了吗？如果要成功地表演魔术，你选几号硬币？

4. 发现磁铁能隔着物体吸铁。

趣味实验引入。

师：好的，我们现在选这个硬币来进行魔术表演。再选一位坐得最端正的同学……都坐好了，那还是老师来吧。老师要换一个纸杯来表演，这一个里面看起来没有磁铁哦。

趣味实验表演：硬币丢到纸杯里，明明纸杯里没有磁铁，将杯子倒过来的时候硬币却没有掉下来。

学生感到很意外，但马上展开积极思考。

生：里面有磁铁！

师：哪里？你来看看。

学生在教师的鼓励下解剖纸杯，发现底部隔层里有磁铁。

师：通过这个实验你知道了什么？

生：磁铁能隔着物体吸引铁。

师板书：磁铁能隔着物体吸引铁。

师：看好了，这一次还是这个硬币，换一个杯子，杯子底部也有一块磁铁。谁还想表演魔术？

趣味实验表演：铁硬币丢到纸杯里，明明看到纸杯的底部背面有磁铁，硬币却不能被吸住。

学生又感到很意外，但马上展开积极思考。

生：纸杯的隔层太厚了！

教师鼓励学生上台验证自己的想法。

师：通过这个实验你们知道了什么？

生：磁铁隔着物体吸引铁的本领有限。

生：距离大了磁铁就吸不到了。

5. 总结。

师：通过今天的实验你们都知道了什么？

生：磁铁可以吸引铁做的东西。

生：磁铁能吸引铁。

师：这些都是知识。这节课你们都做了哪些事情？

生：认识了一些物体，知道了哪些东西不可以被磁铁吸引。

师：你是通过什么方法知道的？

生：做实验。

师：做实验是科学家经常做的事情。这节课你还做了什么事情？

生：登记实验结果。

师：我们把这个叫作"做记录"。做记录也是科学家经常做的事情。还有吗？

生：判断东西能不能被磁铁吸引。

师：判断的时候要——

生：动脑筋。

生：思考。

师：思考是科学家经常做的最重要的事情。还有吗？

……

板书：实验、记录、思考、交流、总结。

师：这些都是科学家经常做的事情，这节课你们就像——

生：科学家！

师：像科学家一样做研究的科学课，你们喜欢吗？

生：喜欢！

师：张老师也很喜欢，可是张老师怎么也难不倒你们。那这样，下课吧。

抓住教学的契机

课堂是教学的主阵地，而课堂之外的世界每天都发生着各种各样的事情。当我们把当前发生的重要事情与教学联系起来，孩子们的学习热情会空前高涨。我不会放过这些契机。

最近的一次是信息技术相关新闻，媒体在讨论，身边的大人也在讨论，不同的孩子所获得的信息和对信息的理解也会不同，我决定在课上进行一次交流，目的在于让他们获取有关科学的基础认知，并帮助他们树立远大理想。

首先让他们说说自己知道的相关内容并提出一些问题。科学教材中增加了信息科学的知识，利用当前发生的事件导入教学，孩子们会主动提出相关问题，学习积极性也会很高。我与他们聊到人类社会发展动力、蒸汽机、电气、原子和计算机、人工智能等科技重要性。国家超越，往往发生在人类社会发展动力切换的大转折时期。面对世界，中国要强大。我们不仅要为自己努力学习，还要为中华之崛起而努力学习！抓住契机的教育不会苍白，抓住契机的教学更加有效。

最有故事的一次是2011年日本大地震。地震发生的时间是星期五的下午，学生已经离校了。而那个周末他们从媒体、从大人们的交谈中听到很多关于这个事件的消息。我决定抓住契机教学《地震》。周一上科学课，我就问："最近世界上发生的最重大的一件事情是什么？"学生说："日本地震。"我写板书，在日本和地震两个词之间留下一个大的空隙。问他们："这里写什么？"学生说："大。"我写下"大"字，中间仍然还有空隙："这里写什么？"学生说："特，日本特大地震。"我写板书，写完一转身："关于日本特大地震，你们有什么问题？"学生提出很多问题，交流讨论之后，问题集中在这次地震是怎么发生的，于是我们开始学习地震的相关知识。我播放了一个解说这次地震形成原因的视频。播放中，地震波到达本州岛的那一瞬间，一个孩子发出声音："呦西。"我不动声色，这个时候说教是没有用的。我已经预想到了可能有孩子会幸灾乐祸，接下来播放网民制作的MV《天灾无情，人间有爱》，歌唱灾民的痛苦和救灾的感人事迹，在音乐和歌词的渲染下，孩子们被感动了。我关掉视频宣布下课，那位说"呦西"的孩子慢慢地往外走，在教室门口还回过头来望了一眼空白屏幕。整个过程我一个字也没有说。

印象最深刻的一次是"神舟五号"飞船发射。当时我抓住契机，设计了一个网络信息技术与学科整合的课《神舟五号》，在计算机教室上的科学课，学生学得非常好。这节课还代表湖南省去过天津作展示，那是中央电教馆组织的一次活动。

《神舟五号》教学设计

科学知识目标

学生学习航天知识，了解"神舟五号"的一些基本情况，如火箭发射回收的情况、飞船的情况、宇航员的情况等。

科学探究目标

1.通过了解宇航员的太空之旅活动，发展空间想象力。

2.提高在网络环境中进行探究性学习的能力，能主动提出问题，自主探究，又善于交流、认真听取别人的意见和看法。

情感态度与价值观目标

1.培养学生学习航天知识和探索未知世界的兴趣，提高科学素养。

2.激励学生奋发图强，长大后为祖国为人类的科学事业做出贡献。

教学设计理念

1.学生提出问题。

爱因斯坦说过："一个问题的提出往往比问题的结果更重要。"会提问题是科学素养一个很重要的方面。我们在教学中要尽量多引导学生发现问题。

基于这个理念，本课教学中设计有学生自由提问的时间和空间。在自主学习之前和自主学习的过程中都有"问题库"和"神舟论坛"可以自由发问。这样有效地提高了学生提出问题和解决问题的能力。越来越多的新问题也更激发了他们强烈的求知欲望。

2. 学生自主学习。

在本课的教学过程中，教师只是以一位活动组织者的身份出现，她的作用在于给学生营造学习环境，创造学习条件和激发学生学习的激情。至于学生会提出怎样的问题，会将自主学习进行到哪一步，教师可以任其发展，充分体现出网络教学中学生个性化学习的优势。

3. 实现真正意义上的网络教学。

随着现代科学技术的发展，我们的教学方式在逐步走向开放，网络教学是一个必然的趋势。我认为网络交互式教学，不应该局限在课堂和局域网里师生之间的交互，应该将课堂开放到国际互联网。其他地方的小朋友通过网络也能和我们一起上课，一起进行交流和讨论。上课的时间也完全可以延续到40分钟以外，通过上网我们可以重返课堂。这样我们的课堂真正做到了不受时间和空间的限制，熟悉和掌握了这种学习方式的学习者的发展，也就做到了不受时间和空间的限制。

4. 与常规课优势互补。

我认为，不是所有的学科、所有的课程内容都适合运用网络教学。另外在充分发挥网络教学的优势时，常规教学的优势不能放弃。

课件简介

《神舟五号》是本课执教者的个人网站"好老师工作室"中的一个专题网页。这个主页包括"我想知道（问题库）""走近神舟""神舟圆梦"和"神舟论坛"四个功能各异的板块。"我想知道"给学生提供一个自由提问的空间；"走近神舟"是主要的部分，又分为图片资料、视频资料、文字资料、自由搜索等多个板块，它为学习者提供了关于太空生活、火箭发射回收等航天知识相关内容的文字、图片和影像资料。其中"自由搜索"可以帮助学生进入互联网自主查找资料；"神舟论坛"为学生提供一个生生之间、师生之间合作交流共同探究的平台，并随时欢迎课堂外登录该网站的孩子加入讨论。

该网页结合教学过程实行纵向设计，主题和关键字始终出现在电脑屏幕上，点击任何一组关键字，即可弹出该窗口，进行相关操作，使师生都能思路清晰，对教学过程一目了然。

教学过程

一、引入课题

1. 师生一起观看一段"神舟五号"发射的实况录像。

2. 提问：关于"神舟五号"，你们已经知道了哪些？

3. 质疑：关于"神舟五号"，你们还想要了解哪些？

4. 学生在问题库里发表新问题，教师积极了解学生的想法，他们最想要了解哪些方面的问题：飞船？火箭发射？回收？宇航员的基本情况？太空生活？

二、自主学习活动

1. 教师介绍自主学习的途径及方法。

2. 学生点击进入"走近神舟"板块，选择自己喜欢的方式进行自主学习。

学习方式：查看资料、搜索资料、与同学交流……

网页设计：分为图片资料、文字资料、视频资料、自由搜索、神舟论坛五个部分。

3. 教师积极了解学生的学习动态，鼓舞学生学习的热情，与学生一起进行交流活动等。另外鼓励学生不断提出新的问题，在论坛发表和交流。

三、开展模拟采访活动

教师以"好老师工作室"的身份采访"神舟工作组"身份的全班同学。

四、总结

总结全课，鼓励同学们努力学习，长大为祖国、为人类的航天事业做出贡献。

五、拓展

课后可以继续登录《神舟五号》网页进行自主学习。

三、写书人

教师的工作任务很多，但教好学生是一位教师的立身之本。如果要成为一名优秀的教师，还要有鲜明的教学风格，通过自己的独立思考和实践来解决实际问题。当我们把问题研究带到教育教学当中时，我们的工作就像在做学问。学问做好了，要表达给自己看，发布给别人看，那就是写作。写作精彩，思想才会闪亮。

有教育杂志的编辑朋友跟我讲，有些老师写的论文不够精彩，言之无物、缺乏逻辑、论点不明确、语言不简洁。我认为写出这样论文的原因在于，第一，缺乏值得表达的内容；第二，没有掌握表达的方法；第三，没有刻意练习的习惯。

缺乏值得表达的内容会使我们的论点不明确，文章言之无物。只有当我们在工作中找到有价值的问题，切实展开深入研究，学问做足了之后，才能建立集中而明确的论点，才能拿出真实、有力的论据。所以，论文应该是研究成果，而不是凭空写出来的。

如果没有掌握表达的方法，又会使我们陷于事情做得好，文章写不好的困境。要想写好文章，首先拟定的题目要小，能准确地表达中心思想，让人一眼就能看出你要写什么。我们有时候被"论文"这两个字给唬住了，觉得它特别高大上。然后就会写一个"巨大"的题目，结果内容空泛，完全不能与题目匹配。其次是论据要组织好。教师要写的是教育生活中自己经历和深度思考的事情，还有那些有意思的微小事件，其中都蕴含着深刻的道理。所以文章中要避免大量的理论阐述和抽象而缺乏营养的内容。我们要学会换位思考，假设自己是读者，愿不愿意往后读，是不是觉得内容很精妙、很有意思，能准确地支持论点。再次，文章结构要合理、严谨。行文之前我们要先想好逻辑结构，它是文章部分与整体之间的内在联系和外部形式的统一。要做到层次清晰、段落分明。最后，语言要简明、朴素。我们要学习语言的表达方法。在一个句子当中，不能出现堆砌的词语，在一个段落当中，不能出现重复的表达。我们可以多学习文章的结构布局、表达技巧方面的知识，并积极运用于实践。

刻意练习非常重要。我们要让自己多思考，多实践，多写作。只要不断地提起笔来，即使不是教学论文，其他题材的小文章也能锻炼我们的文笔。

教师的工作当中有很多需要写的内容，教学计划、教学总结、教学设计、教学反思、各种方案、发言稿、评语……甚至自己开发教学资源，参与各种书籍的编写。我们应该珍惜这些机会，每一次认真对待、用心表达都能让我们的写作能力得到提升。

在这一章节的内容当中，我会与大家分享我的写作心得、教学感悟、生活随笔和平时的一些记录，甚至还有一些小诗。

当然，关于写作，我永远只是一个"兴趣生"，而不是"特长生"。

（一）我的写作心得

坚持深度工作

　　昨天中午1:00去一所学校参加课标意见会，车程大约需要30分钟，我上午11:00到11:50写好发言稿，11:50飞奔去食堂吃午餐，12:00准时出发。今天上午的会议又是中午1:00才结束，匆匆吃完饭赶回自己的学校，短短50分钟就完成"穿越"，站在了讲台上。其中也只有10分钟的进餐时间。晚餐的时候我坐在食堂吃饭，看着盘子里丰盛的饭菜，不禁感慨万千，其实平日里能保障20分钟左右的进餐时间，已经是很幸福的了。在如今的社会趋势下，大家都特别努力地工作，我们的国家和我们自己都在辛苦地走着上坡路，在这个奋进的大军里，我们需要调整好自己的身体状态和精神状态，才能不掉队。

　　无论日常事务多么繁忙，我们仍然要坚持深度工作。

　　深度工作是指在没有干扰的状态下专注地进行职业活动。心理学和神经科学经过数十年研究发现，深度工作带来的精神紧张状态能够提升我们的能力，创造新价值。远离网络非常重要，如果长时间沉浸在大量的冗杂信息里，我们永远无法展开自己的独立思考。所以我尽量不用电脑写文章，无论在家里还是学校，我都会找到一个只有自己的环境，一张桌子、几张纸和一支笔。我的草稿纸像涂鸦墙那样被乱涂乱写，凌乱不堪，但我有底线，那就是不妨碍我通畅地把它们读出来。我还会另外找时间将这些涂鸦内容由语音变成文字，再复制粘贴到word文档里，变成电子文稿。稀缺的完整时间非常宝贵，以用来完成不可复制的创造性的工作。写作就是这样一种工作。我梦想退休以后可以带上纸笔，隐居山林中。一年当中打算用半年的时间来打理花园、阅读和写作，另外半年的时间去外出旅行。

　　深度工作需要科学合理地管理时间。完整的时间用来做碎片的事情是一种浪费。如果用零散的时间完成需要深入思考的工作，更会造成时间的损耗，降低工作效率，因为进入深度思考需要时间。工作忙碌的我将能用简单思维完成的事情放在碎片时间来完成，比如课间的10分钟；将需要稍做思考的事情，放在较长时间来完成，比如课间操的30分钟、午休前的30分钟；如果有60分钟以上的完整时间，我一定用它来投入深度工作。比如精心备好一节课，写一篇文章，写课题资料。

以前我总是在周末花半天的时间来打扫家里的卫生，在决定增加深度工作的时间后，我将打扫卫生的事情安放到平时的碎片时间，周末就可以挤出半天的时间用来深度工作。在养成这样的习惯后，我惊喜地发现，用来锻炼和外出休闲的时间也越来越多了。为什么拥有这么多的时间？是因为以前的碎片时间都用来看手机了，现在的碎片时间用来做碎片的事情，获得了大量的完整时间。所以管理好时间比努力工作更重要。

写作日记

2019年7月8日

今天在写作过程中遇到两个常见的问题。

第一，句子不简洁。我先写好一句话：越来越多的科学教师越来越重视在小学科学课堂教学中培养学生的自主探究能力。这么长的句子？我必须把它缩短。接下来句子变成这样：越来越多的科学教师重视培养学生的探究能力。

还有这样一句话：为人之师，不能放过的是对学生品行的要求，我一直认为自律能力、善良感恩的心、不怕困难的意志、团结合作的精神等一些非智力因素的重要性远远大于单一学科的学习成绩。在我修改之后句子变成这样：为人之师，不能放过对学生品行的要求，我一直认为非智力因素的重要性远远大于单一学科的学习成绩，比如自律能力、善良感恩的心、不怕困难的意志、团结合作的精神，等等。

第二，结构不严谨。我先写出一段话：但是还有这样一类书籍，它们就像武林秘笈，真的能帮助我们成为一名好老师，但我们从畅销榜却无法找到。那就是如何有效实施学校教育的书籍，与学科相关的专业知识和专业技能方面的书籍。作为一名教师，我们应该主动去找到这一类阅读资源。一旦发现对自己的教学实践能起到指导作用的好书，就要展开深阅读。怎样算是深阅读呢？读很多遍；写很多笔记和反思；写践行计划。甚至，为它改变了工作方式，提升了境界与情怀。首先就是课程标准和教师用书。还有更加广泛的拓展资源，值得我们像阅读工具书一样地去阅读它们。需要我们带着问题主动去找到。比如搜索"班主任工作书籍""科学教师书籍""数学教师书籍"，在海量阅读的时候我们能找到值得我们进行深阅读的书。值得我们进行深阅读的书就是好书。

写完之后，自己读了一遍，但是感觉有点凌乱。一开始介绍我们应该看什么书籍，一会儿又说怎么进行深阅读，一会儿又介绍我们应该看什么书籍。因此我必须把结构进行整理，将这段分为两个部分，先介绍看什么书籍，再说怎么进行深阅读。接下来这段话变成这样：

其中有这样一类书籍，它们就像武林秘笈，真的能帮助我们成为一名好老师，但我们在畅销榜却无法找到。那就是如何有效实施学校教育的书籍与学科相关的专业知识和专业技能方面的书籍。作为一名教师，我们应该主动去找到这一类阅读资源。不是一本，是一类。首先就是课程标准和教师用书。还有更加广泛的拓展资源，值得我们像阅读工具书一样去阅读它们，需要我们带着问题主动去找到它们。比如通过不同的途径寻找"班主任工作书籍""科学教师书籍""数学教师书籍"。一旦读到对自己的教学实践能起到指导作用的好书，就要展开深阅读。怎样算是深阅读呢？读很多遍；写很多笔记和反思；写践行计划。甚至，为它改变了工作方式，提升了境界与情怀。

2019年10月6日

今天修改同事的文章，并帮她分析为什么要如此修改。

修改前：

与学校相邻的望城区是全国海绵城市试点区域之一，学校实施绿色屋顶海绵策略，将校园内的建筑屋顶改造为绿色屋顶能局部缓解雨水径流压力。国家要大力推进创新驱动发展，学校应极大地培养学生的创新思维。综上，我们展开以屋顶农场为基地的创新能力的研究，以"xxxxxxx"为例来开发各类农场相关的项目式学习，通过研究1.在科学课堂中有关农场知识的概念教学中渗透对学生创新能力培养。2.屋顶创客教育对于小学生创新能力培养的研究。

为众多屋顶有建设条件的学校提供榜样学习，同时为培养创新能力的学生提供了一个明确努力的方向和实践操作的场地。

修改意见：

逻辑关系不明确。第一句：学校的绿色屋顶建设与相邻的试点区域之间没有构建逻辑关系。第二句：没有表明"国家要大力推进创新驱动发展"与"海绵城市建设"之间的并列关系。

搭配不当。第三句："我们展开以屋顶农场为基地的创新能力的研究。"如果缩句，就会变成"我们展开创新能力的研究"。这时就可以看出表达错误，我们展开的应该是"如何培养创新能力的研究"，即科技创新活动。

表达不规范，语言不简洁。第四句："为众多屋顶有建设条件的学校提供榜样学习，同时为培养创新能力的学生提供了一个明确努力的方向和实践操作的场地。"其实这是第三句话的一部分，不能成为一个单独的句子，更不能成为一个新的段落。如果按规范成为第三句的后半句，那么第三句就会有如此冗长：综上，我们展开以屋顶农场为基地的创新能力的研究，以"xxxxxxx"为例来开发各类农场相关的项目式学习，通过研究，1. 在科学课堂上有关农场知识概念的教学中对学生渗透创新能力的培养。2. 屋顶创客教育对于众多学校的小学生创新能力培养的研究提供学习榜样，同时为培养学生的创新能力提供了一个明确努力的方向和实践操作的场地。这显然是不妥的。

第四句"为众多屋顶有建设条件的学校提供榜样学习"的成分赘余，如果缩句，就会变成"为学校提供榜样学习"，"榜样"是宾语，"学习"是多余的成分。

整体结构可以更严谨。这段话应该是为"xxxxxxx"介绍"研究背景"，所以将"xxxxxxx"在最后提出来更恰当。

修改后：

长沙将在全市铺开海绵城市建设，麓山国际实验小学率先实施"绿色屋顶"海绵策略，将校园内的建筑屋顶进行改造，成为大面积的绿地，能局部缓解雨水径流压力。同时，国家大力推进创新驱动发展，倡导学校教育积极培养学生的创新思维。综上，我们以屋顶农场为基地展开科技创新活动，开展各类农场相关的项目式学习活动。此举措旨在为海绵城市建设积累经验，同时为培养学生的创新能力提供平台。"xxxxxxx"为众多项目式学习当中的一个案例。

（二）我的上课和听课心得

《蚯蚓的选择》一课的教学后记

教学目标

知道动物生活需要一定的环境条件（蚯蚓喜欢黑暗的环境）。

通过对蚯蚓的观察和实验，培养孩子们的观察能力、提问题的能力、设计实验的能力，掌握对比实验的方法，懂得生活中的材料也可以利用起来做实验。获得一些关于蚯蚓的知识，提高探究生命科学的兴趣。

教学材料

小组材料：蚯蚓4条，放大镜，形状相同材料不同的方块，尺子，纸盒，湿毛巾等。

教师准备：相关课件，学生实验记录表等。

教学过程及解析

第一课时 一、情境引入 1. 猜谜语。 细细长长一条龙，天天躲在泥土中，它是庄稼好朋友，钻来钻去把土松。 2. 谈话。 （课前教师准备好一堆便于抓起的蚯蚓。） 在学生说出谜底"蚯蚓"之后，教师说："今天老师带来了很多蚯蚓。"（抓起一把蚯蚓！）	环环相扣，步步推进，意在激趣引疑。

（续表）

"这个蚯蚓就归他了！"（走到学生跟前，给他发下一个塑料盘子。） "还有谁想要？" "都想要？你们先得说说你想要蚯蚓来干什么？" 二、观察蚯蚓 1. 整理学生想要研究的问题，将主要的可以通过观察得到答案的问题板书在黑板上。 "你能将这些问题分为两大类吗？"（外形特征、运动方式。） 2. 教师强调观察的方法（为保障学生有足够的活动时间，这里用课件展示，请学生读一遍就可以了）： 有目的的观察（比如找蚯蚓的头、尾和眼睛，比如观察它往前爬的每一个动作）。 有顺序的观察。 运用测量和记录的方法。 借助工具（放大镜、玻璃片、纸、毛巾块、塑料垫板、尺子等）。 可以将观察到的蚯蚓的主要特征写下来或画下来。 注意保护好蚯蚓，不要伤害它。 3. 给各组发蚯蚓，孩子们开始观察（要求领器材的同学用手抓蚯蚓放入盘子中）。 教师再发记录表。 | | 外形特征 | 运动方式 | 其他 | |---|---|---|---| | 我们的发现 | | | | | 我们的新问题 | | | | 4. 教师巡视指导，有必要时根据学生的具体情况进行一次集体提示。比如用课件展示下面的话：	这里的"整理问题"是这样完成的：1. 师生间的巧妙对话让学生明确"怎样提有价值的、可以有条件进行探究的问题"。2. 教师将操作性较强的问题随机写在黑板上。3. 请同学们自己将问题进行归类。

有目的的观察： （1）找到黑板上问题的答案。 （2）自己主动去发现。 比如用一个计时器提醒学生"时间快到了！" 5．清理器材，归类还原：1号同学交蚯蚓（拿起来放在塑料桶里），2号同学交塑料盘和观察工具，3号同学交记录表。 6．3号同学交记录表时，领一块湿巾，先每个同学擦擦手，下课后再用香皂洗手。 三、交流与讨论（根据课程进度，也可以放在第二课时） 各组在汇报时，与他人重复的内容就不说了。 第二课时 一、提出问题 小结第一课时的观察活动。从"我们的新问题"引出本节课的探究内容：通过实验的方法来探究蚯蚓是否喜欢黑暗的环境。 二、设计实验 交流与讨论：怎样设计实验证明蚯蚓喜欢黑暗的环境？ 教师和孩子们一起分析实验中的相同条件与不同条件。课件： | 实验目的 | 相同条件 | 不同条件 | |---|---|---| | 证明蚯蚓喜欢黑暗的环境 | | | 另外：达尔文做过一个实验，蚯蚓虽然没有耳朵，可是在体壁上有很多感觉细胞，只要有一点小小的振动，它就能感觉到。为保障"公平性"，实验的过程中我们要保持安静，不能碰响桌子（引导学生想到这一点）。	这里的实验设计是这样完成的：每个小组在想要获得一个问题的答案时，会不由自主地去动脑筋设计实验，比如有的同学想要了解蚯蚓的背腹结构是不是一样，将蚯蚓翻倒过来，看它能不能爬行。 "你怎样设计实验？"——主动学习。

三、各组开始实验。 　　为保障一个安静的环境，实验开始后，教师与学生玩"哑语游戏"：用手势告诉学生"该安静了"，用手势告诉学生"看课件"，课件引导学生用手势玩哑语游戏，同时强化对比实验的方法。 　　课件： 　　A．为了不惊动蚯蚓宝宝，我们来玩哑语游戏。下面的这些话你认为正确就做一个"√"的手势，你认为错误就做一个"×"的手势。 　　1．在对比实验中，只有一个相同条件。 　　2．在对比实验中，只有一个不同条件。 　　3．我们在做一个对比实验，证明蚯蚓喜欢黑暗的环境。 　　4．在这个实验中，盒内外干湿程度相同。 　　5．在这个实验中，盒内外温度条件相同。 　　6．在这个实验中，明暗程度是不同条件。 　　B．这里有很多关于蚯蚓的知识，一些是同学们上节课观察的结果，一些是同学们想要了解的问题。看完一页后请做个手势，老师再翻页（教师演示一个 OK 的手势）。 　　四、完成实验，进行小结。 　　五、鼓励学生课外继续探究生命世界的奥秘（继续做有关蚯蚓喜欢的环境的实验，积极观察其他小动物，运用对比实验的方法来自己设计实验，运用生活中的材料做实验）。	

设计意图

1．在学生的心理特征基础上来设计教学环节

曾经在教学《蚯蚓的选择》这一课的时候，发现孩子们看到蚯蚓之后最想要做的事情不是拿它来做实验，而是好奇地进行观察和讨论，提出很多他们想要了解的问题。这种状况会影响他们探究"蚯蚓喜欢黑暗还是明亮的环境"的

专注程度。基于此，我在教学时增加了一个交流和观察蚯蚓的环节，了解孩子们对蚯蚓的认识的前概念，并有效提高他们的观察能力、整理问题的能力、合作与交流的能力。

在这一过程中，为了克服一些孩子（特别是女同学）对蚯蚓的恐惧，我采用了下面的策略：（1）先自己抓起一把蚯蚓，孩子们惊叫起来，但他们从我的脸上看到的是轻松自然，且非常喜欢这些蚯蚓宝宝的表情，孩子们也变得相对"淡定"了。（2）我紧接着问："谁敢上来抓一条下去？"总会有孩子积极响应，"这条蚯蚓就归他了！""还有谁想要？"（3）在领器材的时候要求用手抓蚯蚓放入盘子中。当孩子们一步步地克服了恐惧，观察过程中他们将蚯蚓放在手背上感受它的运动，实验过程中用手移动蚯蚓的位置等做法都成为自然而然的事情。

喜欢黑暗还是明亮的环境，蚯蚓宝宝做选择需要一段时间，这时候孩子们无事可做，教室里会很吵闹，甚至有些孩子会忍不住去干扰蚯蚓。我很理解孩子，不会以强制性规定让孩子们长时间保持安静，而是在这里设计一个"哑语游戏"，并在安静的游戏之后用课件提示"现在仍然要保持安静，但是你可以观察蚯蚓在干什么"。孩子们都非常喜欢这个"哑语游戏"！

2．遵循更简便、更科学的原则来改进实验方法

关于遵循简便的原则，我要先谈谈实验课的成本问题。上好一节实验课很不容易，它往往需要一些可以反复使用的教具学具，一些一次性的耗材，还需要教师投入一定的时间和精力来备课、制作课件和上课，这些都是上好一节实验课的成本。工业生产和商品经营讲究成本与效率，实验课也要考虑成本与效率。所以我们提倡花有限的资金和时间来达到良好的教学效果。比如《蚯蚓的选择》实验，孩子们可以收集很多包装盒，一起拿来做实验，还可以看到不同的盒子用来做实验，得到的结论是一样的。传统的方法是运用上部有独立的盒盖的盒子，将一端剪去一个小方块，并盖上玻璃片，在盒子的底部铺上塑料膜，让蚯蚓在上面爬行。我在这里做了简化，只需要一个盒盖或盒底，剪去一端的侧面就行，将它倒扣在一条湿毛巾或一块湿布上。可以从有盖无盖的盒子上任意裁取，甚至自己用硬纸卡制作。这时候蚯蚓在湿度相同的"冷凉地面"（湿布）上做选择，比在塑料薄膜上做选择，更接近自然条件；比在湿土上做实验更简捷。盒子的一端完全开放，也有利于学生仔细观察。

教学后记

今天上《蚯蚓的选择》一课，与孩子们的互动进行得很不错。比如我一开始让他们猜一个谜语引入课题，然后说："张老师这里有很多蚯蚓。"我便随手抓起一把！问："谁敢上来捉一条下去？"有一位同学高高兴兴地上来抓了一条下去。"这条蚯蚓就归他了！""还有谁想要？"所有同学都举手了！我问："你们想拿蚯蚓来做什么？""拿它来玩儿！"我笑着启发他们："怎么玩儿？""你想要通过玩儿来了解关于蚯蚓的哪些问题？"于是他们提出了很多想要通过观察和实验进行研究的问题。"蚯蚓到底长什么样？""怎样区分它的头和尾？""蚯蚓会排泄吗？""蚯蚓怎么爬行？""蚯蚓会倒退吗？""蚯蚓能粘在玻璃上不掉下来吗？""蚯蚓的运动器官在哪里？""蚯蚓在什么材料上爬得最快？"这些都是孩子们自己内心的想法，我便和孩子们一起展开交流，一起整理问题，将它们板书在黑板上。"多好的问题呀，你能将这些问题分为两大类吗？怎么分？"孩子们脱口而出："内科和外科！""运动和外观！""生活方式和外形特征！"

孩子们在整个探究的过程中都很开心。他们还拿我开玩笑呢！比如我在让他们设计实验证明蚯蚓喜欢黑暗环境的时候，说"假设我就是那条蚯蚓……"有一个孩子叫起来"好大一条蚯蚓！"比如我把讲台边的一位同学拉起来："假设现在你也是一条蚯蚓，我们两个都是被抓来做实验的蚯蚓……"这个孩子即兴地扭了一下头和腰！又如我与他们一起玩哑语游戏，当他们用手势来判断课件上的说法的正误的时候，全班都答对了，我竖起大拇指摇个不停，他们就会调皮地朝我做个鬼脸儿。比如当我用课件提示"现在仍然要保持安静，但是你可以开始观察蚯蚓在干什么"的时候，孩子们纷纷将头偏过来去看盒子里的蚯蚓，有的孩子学我的样子蹑手蹑脚地在座位间来回走动，去看各组的实验结果。有的孩子用手比画着请我去看他们的蚯蚓……总之，教室里鸦雀无声，每个孩子脸上都洋溢着开心的笑容。下课铃响了，他们还不肯走，我只好用数10的方法将他们"赶走"。

连续上了四节课，我真的有些累。但是因为自己的创意设计，所以课堂回报给我的快乐也有很多很多，让我深深地体会到了"有为才有味"！

我的语文课《生命 生命》

我从痴迷科学课到喜欢语文教学，开始一次次在课堂上用心地给学生营造一种特有的"场"，引导学生一步一步入情入境。而这次教学《生命 生命》这一篇课文，在课前我就深深地陷进这一个"场"。因为在查找资料制作课件的过程中，熟悉和了解了作者杏林子的生平，带着深厚感情来读这篇文章，读一次被感动一次，几乎不能自拔。恨不能马上走进课堂，有一种像蝶一样想要破茧而出的强烈的冲动。

教学片段记录

一些同学喜欢另外一句：我可以好好地使用它，也可以白白地糟蹋它。

师：你觉得怎样做是"好好地使用它"？

生：珍惜时间。

师：怎样做是"白白地糟蹋它？"

生：浪费时间。

师：说到这里，张老师不得不向大家介绍一个人，她就是这篇课文的作者——杏林子（出示课件：杏林子的照片及生平事迹），我们一起来听听她的故事——请一位同学深情朗读。

杏林子，本名刘侠，台湾文坛著名作家。12岁时患类风湿性关节炎，致使她头不能转，全身大部分关节不能活动。但她凭着顽强的毅力坚持学习，成了一名非常出色的作家。杏林子一生性格开朗，富有爱心。在她离世后，家属经商议决定遵从她生前的遗愿，把躯体捐献给医院，供"类风湿性关节炎"医学研究。

在长达50年的病痛煎熬中，她曾因病变而呼吸困难，一度有生命危险。轮椅上的杏林子在几乎无法执笔的情况下，凭着坚强的毅力在病中写下四十多部剧本和多篇散文。她的作品洋溢着对生命的感悟。她有一句名言："除了爱，我一无所有！"

全班同学一起读："除了爱，我一无所有！"

课件继续，音乐响起，师：杏林子曾经在她的作品中这样写道——

十二岁那年，我得了一场大病，听都没听过的怪病，不用别人告诉我，我也能从医生和父母的脸上看出来，我永远不会好了！看着自己的关节一个个坏掉，渐渐不能走不能跳，那一种打击令我无法承受！心灵上的痛苦更甚于身体上的病痛。我不知道像我那样既没有念过多少书，又瘫痪在床上的病人到底有什么用？我要永远做一个废人吗？

我告诉自己，如果三年还不康复的话，我就不要活了。结果，好不容易熬了三年，还是没有好！我想：好吧，再延长三年好了，如果再不好，我就绝对不要活了！

停顿，教室里寂静无声。

师：就是在这样一种生存状态下，杏林子被挣扎求生的飞蛾所感动，被顽强生长的小瓜子所感动，被自己的心脏那沉稳而有规律的跳动所感动，让我们一起来读："有一次，我用医生的听诊器……"（齐读课文第三部分）

师：是呀，这样的生命是属于你自己的，一切全由你自己决定。努不努力，谁来决定？（学生齐答"自己"。）快不快乐，谁来决定？（学生齐答"自己"。）幸不幸福，谁来决定？（学生齐答"自己"。）能不能把握好每一分钟，谁来决定？（学生齐答"自己"。）一切全由自己决定，我们必须对自己负责。让我们带着对生命负责的态度一起读课文题目——（学生齐读"生命，生命"。）

师：同学们，现在，你想向杏林子说些什么呢？

生：……

师：掌——声！他用到了课文最后一个自然段中的话，让我们翻到第90页，一起读课文最后一个自然段。

（学生齐读。）

师：这一句话可以用八个字概括。（引导学生说出：生命有限，价值无限。）你准备把这八个字送给谁？

生：杏林子。

生：送给有困难的人。

生：送给我自己。

师：我是普普通通的小学老师，为了使我的学生都能健康成长，积极向上，每天忙忙碌碌工作到深夜。当我迈着疲惫的步伐回到家里，仍然要坚持记下我教育生活中的点点滴滴，我希望我能培养出优秀的人才。谁来说说，你对自己的生命又有怎样的思考呢？

生：我要努力学习，做有用的人。

生：……

师：我知道了，同学们都对生命有了深刻的认识，再加上你们优美的文笔，丰富的感情，下面我们一起来集体即兴创作诗歌一首《生命，生命》。

学习小组活动，每个小组完成诗歌中的一个小节，最后全班一起拼接连读，配乐朗诵。

第一小节由老师完成：我常常想，生命是什么呢？

生：……

师：来，掌声，送给我们自己。

让我们带着对生命的思考最后再读一遍课文。

让我们带着对生命的思考再次呼唤课题：生命，生命！

《测试反应速度》听课笔记

最近听过几位老师上《测试反应速度》这一课，引起了我的深度思考。

该课的教学目标在于让学生通过玩"抓住反应尺"的游戏，记录数据，并且分析数据得出"反复的训练能提升反应速度"这一结论。由于反应速度能力发展空间较小，在游戏中"速度"的决定因素主要是集中注意力的强度，而不是训练次数。这种情况下，老师们不得不放弃原有的教学目标，开始灵活地运用教材。他们一是将主要教学目标放在"通过实验探究，使学生体验感觉器官的协调工作"和"集中注意力能加快反应速度"上。二是将主要教学目标放在"改进反应尺，设计不同的测试反应速度的工具"上，将课改成作品取向的 STEM 课。还有将探究和作品两种取向混杂一起不分主次的做法。教无定法这时候得到了最好的体现。观课之后，我最想说的是，无论何种教法，我们都要关注学生思维的发展。

例1，选择探究取向来上课。在探究的过程中，教师安排这样的两个环节：反应有快慢和反应快慢可以测试。第一个环节，让孩子们通过"你抓住了几次"的游戏，发现反应有快慢；第二个环节，让孩子们通过严格控制实验条件、使用有刻度的反应尺来测试反应快慢。怎样由第一个环节过渡到第二个环节呢？教师说，反应有快慢，现在我们来测试反应快慢，并请两位学生上台演示，引导学生们思考怎样让测试更准确。看起来无可厚非，但第一个环节时，没有严格控制条件，得出"反应有快慢"其实是不合理的。

我们可以把过程改成这样：通过数据分析不断发现新问题来推进教学。第一个环节同样让孩子们玩"你抓住了几次"的游戏，记录下 5 次当中自己抓住的次数。

谁抓住的次数多（抓住尺子画"√"）

	1	2	3	4	5	6	7	8
李明								
赵亮								

接下来让学生一起分析数据，比如，第一个孩子抓住了3次，第二个孩子抓住了2次，让其他学生分析比较谁的反应快。如果学生说抓住3次的孩子反应快一些，教师挑起认知冲突："我不同意。我看到他手放的位置，距离反应纸带近一些。"或者说"虎口的宽度小一些"。这时学生提出要制定更精确的游戏规则，并让学生们思考交流如何制定规则。接下来分析比较：第三位学生和第一位学生的实验记录都是抓住的有3次，没抓住的有2次。问学生："假使符合所有你们制定的规则，他们的反应快慢是一样的吗？"如果学生说"是"，老师又挑起认知冲突："我看到他们抓住纸带的位置不一样啊。"也可能学生能自己提出来，同样是抓住尺子，他们抓的位置不一样，反应快慢也不一样。这时学生自己提出，要将反应纸带标上刻度变成反应尺，测量才会更准确。接下来的环节就是测试反应快慢了。学生第二次记录数据并分析数据。教师在这里可以运用信息技术手段，将学生记录的数据以小组为单位转化成波形图进行分析，根据波形图，学生发现不同的人反应速度不一样，同一个人在不同的次数里反应速度也不一样。

很明显，这样的教学就由活动过程变成了思维的过程，活动是随着思维的进阶而推进的。

例2，选择作品取向来上课。比赛谁的反应快，并不断改进反应尺。第一个环节让全班学生比赛评选第一名，发现同样是每次都抓住纸带的同学，他们的反应速度也不一样。怎样让比赛更精确呢？改进游戏纸带。现场运用数学方法将纸带标注刻度制作成反应尺。学生制作新的反应尺后，继续进行比赛。最后，教师通过视频向学生介绍一种新型的测试反应速度的仪器。

我们可以把过程改成这样：同样让学生在比赛过程中将游戏纸带改进成有刻度标记的反应尺。但在比赛后让学生进一步思考：这样的反应尺来测量反应速度有哪些缺陷？可以设计怎样的新产品来弥补这些缺陷？引导学生充分发散自己的思维提出多种多样的想法。甚至有学生想到可以设计人工智能反应测试仪精确播报成绩，并对多次测试成绩进行分析评价。我们可以看出，这样的教学更好地培养了孩子们的创新思维。

一言以蔽之，探究取向也好，作品取向也好，最重要的还是发展思维。

（三）我的自用教材

《我是小创客》

我多年承担科技辅导员工作，带领学生开展各项科技活动和手工制作活动。期间编写过两套自用教材，一本是《科技活动》，一本是《我是小创客》。

《我是小创客》是一套丛书，1～6年级一共有12本，我主持编写并自己写了其中的8本。

创客时代来临，心怀梦想的人们正在感受它的召唤。我们即使不能成为一名伟大的创业者，也应该做自己生活和工作中的创客，让生命变得更美好。不管我们做何种创客，首要条件就是拥有较强的创新思维能力。当今社会，各个领域的精英人士越来越重视创新思维的学习，他们在脑补相关理论书籍，参加各种相关的培训。因为创新思维是一种技能，它需要练习。就像我们想学会游泳或游得更好，就需要掌握技巧并经常练习，创新思维亦是如此。但是我认为，与很多技能训练一样，创新思维的培养如果从幼时开始，效果会更好。通过听故事、做练习、玩游戏、动手制作等形式，可以不断训练和强化思维的广度、新度、精度、速度、灵活性、批判性……因此，我们开发了这样一套教材，让亲爱的孩子们从活动与故事中习得创新思维。

我在书的封底写了这样一句话：创客教育让青少年触摸真实的世界，创新思维是青少年创客教育的基石。

下面我将介绍《我是小创客》第六册中的《让思维自由飞翔》和《奇思妙想来组合》两课内容。

让思维自由飞翔

1. 不止一个答案

星期一的第一节课,夫子在黑板上画了一个圆形,他问同学们:"大家来说说看,这是什么?"

"太阳!"豆豆脱口而出。"一个硬币。"阿毛说。"一块饼干。"小满想起了昨晚吃过的奥利奥。

夫子点点头,他接着说:"我们来比一比,看谁的答案最多。"

"月亮、地球、火星、木星、土星……""面包、蛋糕、汤圆、牛排、比萨饼……""纽扣、图钉、锅盖、瓶盖、碗……"

小伙伴们开动脑筋,一口气说出了很多答案。夫子表扬他们的发散思维能力很强,还给小满评了个"最佳创意奖"。因为小满说出了一个特别的答案:"是我心中的一个希望。"

什么是发散思维呢?像小伙伴们这样,围绕某一问题,充分发挥想象力,从不同的角度、途径去思考问题,获得多种答案的思维方式,就叫作发散思维。

在大多数同学的心目中,每道题都应该有一个标准答案,只有回答接近标准答案的时候才能得分。这种追求标准答案的想法有时候会限制我们的思维。其实,有些考试题会有不同的答案,有些生活中的问题也有很多不同的解决方法。从不同的角度去思考,启动头脑风暴,能锻炼我们的发散思维能力,让我们变得更聪明。

同学们也来玩一玩"O是什么"的游戏吧!每个人将自己的答案写在方框里,一分钟之内,看谁写得最多。

我们还可以用"开火车"的方式来比赛,关于"O是什么"每人每次说一个答案,轮流说下去,不能重复,5秒钟之内接不上来的同学被淘汰,看谁能坚持到最后。

2. 小小曲别针

星期二的第一节课,夫子又给同学们讲了一个发散思维的故事。

1983年7月,中国第一届创造学学术讨论会在广西南宁召开。会上日本专家村上幸雄先生给大家做了精彩的演讲。他拿出一把曲别针说:"请大家尽量放开思路来想,曲别针有多少种用途?"与会代表说出了20多种答案。有代表问村上:"先生,那你能讲出多少种?"村上故作神秘地一笑,然后伸出三个指头。代表问:"30种?"村上自豪地说:"不!300种!"人们一下子愣住了。接着村上先生拿出早已准备好的幻灯片,展示了曲别针的各种用途。

这时,我国学者许国泰站起来,他说:"对曲别针的用途,我能说出3千种、3万种甚至无数种。"人们更惊诧了:"这不是吹牛吗?"许国泰登上讲台,在黑板上画出了一些图表,他说:"我们可以把曲别针弯曲成数字及数学符号,世界上有写不完的数学算式,曲别针都能代替它们;同样,曲别针还可以弯曲成很多字母符号,世界上有写不完的英文词、句,曲别针都能代替它们;曲别针还可以弯曲成写不完的化学方程式、音乐音符,还可以制作成各种各样的手工艺作品……曲别针的用途,真是无穷无尽啊!"

看,这是一个多么广阔、多么神奇的想象空间,它展现的是发散思维的魔力。

故事讲完了,夫子说:"同学们的思维都打开了吗?我们可以尝试利用曲别针,制作成各种各样的手工艺作品。今天我们就来开展曲别针小制作比赛,看谁的作品最多、最有创意。"

阿毛、小满和豆豆创作了很多作品,其中曲别针盆景可以当作小摆设,曲别针也可以做成心形书签、简易挂钩等,还可以作为生活用品呢!

曲别针手链制作方法:

步骤一:将彩纸剪成大小合适的长条形,包裹在曲别针的中间部位,用双面胶带固定好。

步骤二:将这些曲别针一一串联起来,漂亮的手链就做成了。

同学们,你的作品是什么呢?请你也向我们介绍一种曲别针手工作品的制作方法吧!

作品名称:
制作材料:
制作方法:

3. 不一样的童话故事

星期三的第一节课，夫子让同学们自己讲故事。这一次的讲故事方式很特别，夫子提供一个经典故事的开头，同学们要编造一些与原来的故事完全不一样的情节。阿毛、小满和豆豆分到了一组，他们领到的任务是改编《龟兔赛跑》的故事。

故事的开头：

兔子长了四条腿，一蹦一跳，跑得可快了。

乌龟也长了四条腿，爬呀，爬呀，爬得真慢。

有一天，兔子碰见乌龟，笑眯眯地说："乌龟，乌龟，咱们来赛跑，好吗？"乌龟知道兔子在开他的玩笑，瞪着一双小眼睛，不理也不睬。兔子知道乌龟不敢跟他赛跑，乐得直蹦跳，还编了一支山歌笑话他：乌龟乌龟爬爬，一早出门采花；乌龟乌龟走走，傍晚还在门口。

豆豆接着讲故事：

> 乌龟生气了，说："你先别神气，咱们就来比一比！"发令枪响了，兔子跑得很快，乌龟爬得很慢。小麻雀飞过来跟兔子说："反正你会赢，先跟我玩一会儿吧！"兔子跟小麻雀玩了一会儿，继续向前跑。小松鼠从树上跳下来跟兔子说："乌龟还在后面呢，先跟我玩一会儿吧！"兔子又跟小松鼠玩了起来，他们玩得很开心。等兔子记起比赛这件事儿，乌龟已经爬到终点了。

小满接着讲故事：

> 乌龟生气地说："别唱了！比就比！"两位同时起跑，兔子飞驰而出，极速奔跑，直到碰到一条宽阔的河流！而比赛的终点就在几千米外的河对面。兔子呆坐在那里，一时不知怎么办。这时候，乌龟却一路姗姗而来，得意地跳入河里，游到对岸，继续爬行，完成了比赛。

阿毛接着讲故事：

> 乌龟生气地说："比就比！看谁先到山顶！"发令枪一响，兔子像离弦之箭向山上跑去，一转眼便在乌龟的眼际消失了。只见乌龟不慌不忙地掏出手机："喂，飞鹰大哥吗？我是小龟，我请你去山顶喝茶！"
>
> 兔子满头大汗地到达山顶时，乌龟正与老鹰在迎客松下悠哉悠哉地喝着茶。兔子只知道乌龟会爬，哪知道它还会"飞"啊！

夫子：我们大家都来试试吧！你可以将所有的想法都编进故事中，可以设置悬念，也可以使情节出现转折。将你的思维尽量发散，这样，你就可以编出更多的《龟兔赛跑》的故事。

奇思妙想来组合

1. 工作室的故事墙

"小创客工作室"开展主题活动啦！小伙伴们蜂拥而至，都想当"小创客"。来到工作室，他们看到四周的墙壁上贴满了宣传画报。那是阿毛、小满和豆豆花了很多工夫自己绘制的漫画，漫画讲述了两个发明故事。

故事一：带橡皮擦的铅笔

美国佛罗里达州有个画家，叫李浦曼，他的生活相当贫困，是个穷画家。他手头的笔和画架，以及所用的画具都是破破烂烂的。然而，他并没有放弃自己的艺术追求，每天坚持作画，常常画到天亮。有一天，李浦曼正专心致志地画一幅素描。他仅有的一支铅笔已经削得很短很短了，他必须捏这支铅笔把画作完。画着画着，他发现画面要修改一下，于是他放下笔，在凌乱的工作室里寻找他仅有的一块橡皮。他找了很久，好不容易才找到那块比黄豆大不了多少的小橡皮。他把需要修改的地方擦干净后，发现那支超级短的铅笔又失踪了。结果他找到了这个，丢了那个，找来找去，耽误了不少时间。一气之下，他决定把橡皮和笔头绑在一起，叫它俩谁也跑不掉，于是他找来一根丝线，把橡皮捆在铅笔的顶端，这样，铅笔似乎长了一些，用起来方便多了。可是，没画几笔，橡皮又掉了下来，画家想：我一定要把这淘气的橡皮头牢牢地固定在铅笔上！为此，他竟然连画也不画了，花了好几天时间来研究，想了种种办法固定这块橡皮头……最后，他终于想出了一个好办法：用一块薄铁皮将铅笔和橡皮擦包起来。李浦曼为自己的小发明申请了专利，并很快得到了确认。不久，著名的RABAR铅笔用55万美元的巨款买下了这个专利。

故事二：三功能钥匙

钥匙、扳手、启盖刀是三种不同功能的工具。青海省西宁市西关街小学陈琦伟小朋友在日常生活中发现，人们修自行车或使用机器时经常要使用扳手拧小螺母，喝酒时要用启盖刀撬开酒瓶盖，可扳手、启盖刀都不是随身带的工具，使用起来不方便。而人人随身带的工具只有钥匙。他想，如果把扳手和启盖刀的功能合并到钥匙上来，那么钥匙既可以开锁，又可以拧小螺母、撬酒瓶盖子，那该多好啊！于是，他就开始动脑筋、想办法，经过多次实验，终于发明了三功能钥匙。

2．大家都来动动脑

同学们兴致勃勃地观看着故事墙上的漫画，小满热情地进行讲解："这些都是组合发明的作品。组合发明的技法多种多样，它们的共同特点是运用创造性思维，将已知的几件事物合而为一，并使新组合的事物在性能方面发生变化，产生出新价值，满足人们的需要。"

"今天的主题活动叫作'奇思妙想来组合'。"阿毛说，"现在我们要完成三个练习项目，比一比谁的思维更灵活。"

（1）说一说下列物品是由哪些物品的特征或功能组合而成的。

　　　　　连衣裙　　　　酒心糖　　　水陆两用汽车
　　　　　沙发床　　　　收录机　　　音乐茶杯

（2）找一找，我们的身边还有哪些组合发明的作品？把我们观察或思考的结果写下来。

（3）下面有32种不同的商品，请你将其中的任意两种或三种组合到一起，看看能否创造出新物品。

地毯 塑料 风雨衣 铝锅 酒杯 洗脸盆 钢笔 牙刷
毛巾 剪刀 电池 钉子 锁 枪 橡皮 肥皂 拉链
相册 手帕 书 电动机 香水 暖水瓶 文具盒 手提包
打火机 松紧带 剃须刀 电吹风 帽子 尺子 放大镜

3. 我们会创造

小伙伴们完成了工作室的练习题,得到阿毛的夸奖。"接下来要做什么呢?"小伙伴们很好奇。"接下来我们要自己动动手!"阿毛说,"自己能生产产品,才是真正的小创客呀!"阿毛拿出一块小黑板,上面写着:

> "创客"作业
> 　请回家设计并制作一件组合发明的作品,
> 　下周末来"小创客工作室"进行交流。

领到新任务的同学们赶紧回家忙开了,乒乒乓乓、叮叮当当,大家都创造了哪些作品呢?

阿毛的作品

> 作品名称:定时吹风筷篮
> 作品用途:筷篮设计了定时吹风装置,可以防止筷子发霉。
> 作品简介:筷子是中国的传统餐具,我们每天吃饭都要使用筷子。目前市场上的筷子种类繁多,最常见的还是原生态的竹筷和木筷。但竹筷和木筷都有一个缺陷,就是容易发霉。怎么解决这个问题呢?我决定从筷篮上来做文章。
> 　要防止发霉,就得让筷子保持干燥,而筷子每天反复使用,洗后总是湿淋淋的,即使用毛巾擦干净,也还是湿的。如何让筷子保持干燥呢?我想到在筷篮里装风扇,但是怎样来操控它呢?如果我们打开风扇却忘记关掉它,就会浪费电。我想到用定时装置,于是在网上买来定时插座。我的防霉筷篮制作成功了!

豆豆的作品

作品名称：可以查找字根的鼠标垫
作品简介：爷爷已年过半百，学习电脑操作困难重重，主要是不会打字。他没学过汉语拼音，用五笔输入法呢？年岁大了，记不住字根。我制作了一种带字根表的鼠标垫，爷爷用起来方便极了。

小满的作品

作品名称：可控制面皮大小的擀面杖
作品简介：在擀面杖上画上刻度，将擀面杖与尺子组合起来，就变成一个可以控制面皮大小的擀面杖了。

亲爱的读者小朋友，把你的作品也带到"小创客工作室"来交流吧。

（四）工作中的随笔记录

2005 年 11 月 2 日

最近孩子们流行玩 yoyo 球，一些孩子自控能力差，在上课音乐声响起时仍不能及时将它们收进课桌，甚至在科任老师的课堂上拿出来玩。怎么办？今天我灵机一动，妙招出炉：在后墙黑板上用粉笔写下几个大字——四（4）班同学连续第（　）天没有被没收 yoyo 球。然后与全班同学约定：当括号里的数字达到 10 的那一天，我就帮他们举行一次 yoyo 球比赛，颁发特别奖品。既要抓紧时间刻苦训练，又得管好自己不影响学习，yoyo 球成为培养孩子们自控能力的有利工具。

让我们等着这些数字的起起落落吧，好戏在后头！

2009 年 12 月 12 日

在校园里遇到前一年毕业的六年级孩子，他大声地叫我，然后张开双臂迎了过来。我开心地把头倚在他的肩膀上，又一次，深深地感受到了做老师的快乐。谢谢你，孩子。

儿子开门见到我，一边叫妈妈一边高兴得手舞足蹈。我的宝贝，从来都没有让我生气过，只是不断给予我许许多多的快乐和幸福，就这么快，长大了。我已经抱不起他了，但他永远住在我心里最柔软的地方。

先生说，"就你自己长不大。带你这么多年，都还没有长大……"

我越来越清晰地感受到命运对我的厚爱。

2010年10月15日

一班的孩子相较其他班的孩子比较腼腆，有时候遇见老师也不打招呼。我在课上说："张老师发现我们班有很多优点，大家都很爱劳动，每次积极帮老师整理实验器材；都很聪明，上课积极回答问题；都很讲礼貌，每次遇见老师就大声地喊张老师……"后来孩子们真的变得很热情，孩子们真的让我发现了他们的"十大优点"。

2014年11月28日

三年级的孩子还太小，实验叫停的时候总是要花很多时间。为了让他们能快速停止，我想了一个办法。每个星期在黑板固定的位置写下各个班实验叫停所需要的时间。三（4）班56秒；三（1）班42秒；三（6）班38秒……从星期一到星期五，每个班的孩子都认为他们是最棒的。一段时间后，所有班级都能在20秒之内停下来了。

嘘！这是个秘密。

2015年3月5日

有时候学生表现好，我会用红色粉笔在黑板左侧的表格里画一个"表扬"；有时候学生不认真听课，我又用白色粉笔在那个表格里画一个"提醒"。今天三（3）班表现很好，我没有登记一个"提醒"。于是笑着说："嗯，三（3）班一上课，白色粉笔就下岗了。"

（五）生活中的随笔记录

困难就是假老虎

儿子举起小提琴面对琴谱，眨巴眨巴眼睛就哭了。"鸷鸷，怎么不练琴呀？"我走近去问。"老师教的这个新曲子很难呀，我不想练。""真的呀，特别难、很可怕是不是？"儿子点点头。"那它就像大老虎那么可怕呀？"儿子又点点头。"你拉一遍试试看，拉一遍它可能就变成大灰狼了。"儿子觉得挺有意思，断断续续拉了一遍。"啊，你就拉完一遍了吗？真的变成大灰狼了，没有那么可怕了。你再拉一遍，它就变成狐狸了。"儿子又拉了一遍，问我："还拉一遍变成什么了？""你先拉完再告诉你。"儿子又拉了一遍。"变成小白兔了！"……"变成小老鼠了！"就这样，曲子练了几遍之后，真的变得容易了，儿子特别开心。

宝贝不怕，困难就是假老虎，我们一起往前冲！

帮儿子改作文

我写字有些不太顺畅，在灵感枯竭时，一句话要斟酌大半天。儿子的行文能力比我强，很多时候，他静静地坐在桌前，千来字的文章洋洋洒洒一蹴而就。

儿子掌握修辞也不错，记叙生动而形象，只是笔调还很稚嫩，眼看就要升六年级了，想尝试让他跨上一个台阶，让思想更深刻一些，笔调更成熟一些，更富有文学色彩。于是买了大量的历史书籍，《中华上下五千年》《中国通史》一类，给儿子看。

今天我大胆地帮儿子改了一篇作文。《记叙生活中让你感动的一件事》，老掉牙的命题，儿子完成了拿来给我看，平时我都只是加以欣赏和赞扬，最多找找错别字，评评构思选材，从不帮他写一句话，这一次给加了个开头和结尾，让文章体现更深刻的思想立意。等着听儿子老师的反馈，等着看儿子以后作文中的反应。

妈妈"无为"

午觉睡得很规矩，每天上床先看书，然后慢慢睡着，二十分钟之后准时醒来。今天14点起床，看到骜骜居然还窝在沙发那看一本《足球怪史》。

最近一段时间，我开始尽量克制自己不管他。因为他忽然不像以前那样乖，现在总以跟妈妈唱反调为荣。我也因此反省自己从前管他太多。骜骜是个好孩子，从幼儿园到小学没让我多操心，我才得以有足够的时间将心思花在那一帮又一帮的调皮孩子身上，他们中的绝大多数是单亲家庭。幼稚的孩子缺失了父爱和母爱，是老师心里最深的痛。

我家骜骜现处在叛逆初期，越来越极端的我行我素，我用一种最简单的方式来应付这突如其来的变化，行为：视而不见，或一笑了之。语言："你认为呢？""你的决定很不错！"

为看一本《足球怪史》耽搁了睡午觉，下午骜骜有足够的精力应对毕业班的紧张学习吗？早已调整好心态的我，一笑了之。

车库碎言

今早在车库遇到一家人。陌生的他们，匆匆从我的身边走过。爸爸，妈妈，两个孩子。爸爸一边走一边说："现在辛苦就是为了以后轻松啊。"这句话深深地打动了我。这位爸爸讲的也许就是我们普通人的生活哲理吧。很平常的一句话，蕴含着深刻的道理。这句话不就是在说"延迟满足"吗？

延迟满足，是指一种抉择取向，甘愿为更有价值的长远结果而放弃暂时的满足；它更是一种自我控制能力，帮助自己为了更长远的目标抵抗眼前的诱惑。这种能力的发展是我们完成各种任务、协调人际关系、成功适应社会的必要条件。我们每个人都要发展延迟满足的能力。

我还认为,其实这里的"轻松",是有着多重意义的。在一部分人那里,"轻松"不是指无事可干,不是指不劳而获。我们身边有很多平凡的人、非凡的人,他们在努力获得成功之后仍然承担着重大的责任,忙碌而充实。所以,这里的轻松,应该还指"与原来做同样的事情,但是自己因为长期努力而拥有更加强大的力量,不觉得那么辛苦了"。应该还指"因为承担了更重要的使命,而拥有强大的精神力量,因为非凡的境界,不觉得那么辛苦了"。

与儿子玩"延迟满足"的游戏

今天跟儿子达成一个约定:

他练琴30分钟,换一张时间卡,这张卡可以到我这里换取玩电游1小时。

儿子一口气练琴一个小时,因此获得了玩游戏一个小时,且还存下一张时间卡。

儿子问:"如果我刚玩30分钟就有急事得出门怎么办?"我说:"找零!"于是我又做了两张30分钟的卡。

儿子练琴兴致蛮高,而这个周末他也创下了玩电游时间仅仅1小时的最短纪录。

周一到周五的练琴是不能换卡的,他也绝没有在学习期间玩电游的习惯。

2010年暑假备忘

7月的日子:

很多次爬岳麓山。掌握了一个降低难度的方法,在道路的拐角处走切线,让自己不被先生和儿子落太远。住在长沙的河西真好,有宽敞的马路,清新的空气,茂密的树林,四处可见岳麓山的余脉和风景优美的楼盘。夏天的夜晚,可以去湘江边散步,去岳麓山听虫鸣鸟叫,让我们能在浮躁的城市找到一个角落来沉淀自己的思考,感受生命的本质。

8月的日子：

　　去安化给那里的科学老师上培训课。觉得他们非常了不起，在那么艰苦的条件下能坚守讲台，默默追求属于自己的梦想。另外，这一次我真切地感受到人类的超能力。我之前感冒失声，为了保证能给老师们正常讲课，在上课的前一天晚上每两小时起床一次，喝水、吃药、喷药，病来如山倒，病去如抽丝啊！怎样加倍努力都没有效果，嗓子仍然疼得讲一个字都困难。但是，当我站在台上，奇迹就出现了。我居然用我疼痛的喉咙，沙哑的嗓音，讲完了整整一天的课。因为我已经完全不顾身体的不适，始终只有一个信念，不管怎样要把课上好，让老师们有收获。所以，有些时候我们不够强大，不是输在能力，而是输在心灵。在困难面前，如果我们失去了勇气，就失去了一切。我们应该有一种壮阔豪强的气概，直面压力，负重前行。

　　这个月我给儿子报了一个篮球培训班。儿子喜欢打篮球源于小学六年级。那时他们班教室旁边就有篮球场，一下课小伙伴们就冲出教室开始你抢我夺。记得有一次我远远地看到他奔跑、投篮，内心无比崇拜。男孩子喜欢竞技体育真是棒极了。

　　这一个月教儿子学做菜。一般的家常炒菜、煮饭、煮面条、煮馄饨，他都可以，儿子炒菜的手感也比我好。而且很奇怪的是，如果他正在玩网络游戏，你叫他喝水啦、休息啦、吃饭啦他都会拖拉，但是叫他来洗菜炒菜，他会很麻利地离开电脑。除了英语和篮球培训，儿子没有参加任何学科培训班。满满两个月的时间，他只是在家里看书、练琴、游泳、打篮球、爬山、学炒菜、刷锅洗碗、练字……亲爱的孩子，锻炼很重要，劳动最光荣！

　　让孩子做家务事很重要，更重要的是让孩子承担家务的方法。与其一次一次由家长分派临时任务，不如给孩子一个固定的"工作"，比如倒垃圾、洗碗等，如果他不去做，那件事情就没有其他人会去做。一个小小的不一样的方法，却有着非凡的意义，它能培养孩子的责任感，提高孩子的自律能力。自律是一个人意志力、专注力、执行力的综合体现。很多人都想获得自律的人生，却不知道如何修炼。原来它是一门童子功。我们应该帮助孩子磨炼两大利器：延迟满足，承担责任。它们的力量无比强大，就像倚天剑和屠龙刀。

　　最感到意外的事：带儿子写行书，碰到一个生僻字：銎。查字典的结果：斧子上面与斧柄相连接的孔。问儿子：见过斧子吗？知道斧子是什么样子吗？

儿子说见过，电脑游戏里面到处都有。

最开心的事：儿子在一个开幕式上作为实验班学生代表发言。儿子不准我去看，但是不管你的表现怎样，能够勇于承担，迈着大步走向讲台，妈妈就特别开心，你是最棒的！

假期日记

六点早起，坐到电脑前，打开科学教学网站，一口气读了很多文章。特别舒畅特别快乐的感觉。第一，我又学到很多新的教研前沿的东西，结合自己的教学实践，很多新的思考在我的头脑里汹涌；第二，我看到全国各地很多年轻的科学老师的成长经历，看到盛名享誉全国的老师退休以后还在继续进行科学课的研究工作，我为他们的事迹而深深感动。与他们相比，我还相差很远。但是，我比以前更喜欢我的工作，更喜欢科学课。我越来越感觉到自己的变化，也许这种变化来自多年的积累，因为你越坚持这种状态，这种状态就越来越激烈。正如一架飞机在跑道上越开越快，最后腾空而起。

当我展翅翱翔的时候，我知道我的生命是有意义的。

今天在儿子的《生而为赢》上看到一段话：

理智的、勤奋的、有用的人可以分为两类：对第一类人而言，工作就是工作，娱乐就是娱乐；对于第二类人而言，工作和娱乐是合二为一的。很大一部分人属于前者，而第二类人则是命运的宠儿，他们的生活自然而和谐。

我在想，也许我已经完全成为第二种人。平时的常规教学，让我感觉其乐无穷，自己也热切地渴望着不断的探究与创新。也许多年的科学课，给予我的东西远远多于我所能给予学生的东西。暑假还没有开始，我已经计划好很多与工作有关的事情，并憧憬着去享受这个过程。现在半天的休息时间，已陶醉在网络教研里。

痛痛快快地享受工作，开开心心地创造每一天新的生活，这些都属于我的娱乐。多么美好的假期啊！我还是我，绝不借着休息的名义堕落。

儿子管住自己不玩电脑游戏

有梦想很重要

鹜鹜的自我教育能力一直很强。我每天沉溺在工作的海洋，他都能考出个10A，我不再怀疑他是否具备读理科实验班的能力了。但最近几天他已经放假，我还得上班。他上午学英语，下午大部分的时间就坐在电脑前面狂玩"魔兽世界"。

网络是更加容易让人沉溺的海洋。要是视力下降了怎么办？突然想起前几天鹜鹜说起过想当飞行员……

我端上一杯水，走到他的面前，说："喝水呀，休息一会儿，电脑让我用一会儿好不好？"

"你要做什么？""我来查查，当飞行员需要什么条件？""我就把当飞行员作为梦想了吗？我还想当科学家。"儿子傻傻地问。"将来我要做什么"是儿子最近正在困惑的问题。"不一定啊。你还小，你的梦想总是会不断改变的。你不久前有了一个梦想，是中考10A，你现在已经实现了你的梦想。你真的很强大！接下来你的梦想是什么？""是小提琴过9级。""我想你坚持练习，很快这个梦想也会实现。不断地实现一个个小的梦想，就可以不断强大自己的力量。""有梦想很重要。飞行员怎样考，我们先了解下。你去休息一会儿，我告诉你答案。"

鹜鹜把电脑交给我，我的搜查结果是：目前情况下，鹜鹜的身体素质不符合飞行员条件，他有慢性鼻炎。我根据网络上的资料问他平时的感受，初步断定他是轻微的鼻炎，不属于肥厚性鼻窦炎。"还有希望治好呢，假期我带你去医院看医生。""但是，对视力要求是5.0以上。"鹜鹜的视力一个5.0，一个5.1，虽然比身边很多孩子都要好，但毕竟飞行员要求很高。与他讨论的结果是，他必须要好好保护他的眼睛。这是一个艰巨的任务，我说我来负责给他饮食调理，准备菊花枸杞茶、胡萝卜素之类，但是他得管住自己不沉溺于电脑游戏。

儿子擦擦眼睛，有点为难的样子。但他是个懂事的好孩子，在他有了主动意愿的情况下，应该会慢慢减少玩游戏的时间。

我是一个优秀的人

最近骜骜又疯玩电脑游戏。吃饭的时间到了，还迟迟不肯停止。他爸爸严厉地批评他，他反复顶嘴，泪眼汪汪特别委屈的样子。爸爸更加生气，声调越来越高。我跟他爸爸说："玩游戏很难做到说停就停的，游戏结束需要时间，关电脑也需要时间。"说完我走到儿子身边，轻轻摸他的背："爸爸是对的，我们普通人的自我控制能力都是有限的，如果爸爸不管你，他就不是好爸爸。"我一摸儿子的背，他也平静了很多，由跟爸爸顶嘴变成向我倾诉："妈妈又不会那么凶。""妈妈觉得你不是普通人，妈妈认为你是特别优秀的人，总有一天会自己管住自己。"儿子点头同意。第二天，儿子把电脑的显卡拔出来交给我："妈妈，我想把显卡交给你保存。"我喜出望外："你要管住自己不玩游戏了？""是的。""那不如把电脑搬到妈妈的卧室，这样你的书桌就更宽敞了？""好吧。"于是电脑离开了儿子的书房。第三天，我又向他征求意见："外婆想要买一台电脑，我们干脆把电脑送给她好吗？"儿子想了想说："好。"于是电脑离开了我们的家。

我没有吹捧自己的孩子。多年以后，电脑成为他进行科学研究的工具，他的导师在与我的一次交谈中说："文骜非常优秀，不是一般的优秀。"

（六）那些小诗

我喜欢

　　暑假期间，在乡下极其闲适，青山绿水间捧起侄儿的一本语文书，看到一篇叫作《我喜欢》的课文。阳光、晨雾、春风中窄窄的山径；读信、看书、出其不意的时候去拜访朋友……平凡如我，也同样喜欢作者喜欢的一切。美丽的田园和美丽的田园书，都能让我的内心宁静，诗意纵横。

　　但我因为工作不得不居住在城市。除了宁静淡远的乡村美景，我还喜欢流光溢彩喧嚣的城市。我喜欢家里床上那个胖胖的软绵绵的大靠枕，喜欢换季折扣中淘来的一条飘逸的长裙，诸如此类，数不胜数。

　　我更喜欢的，是时间。因为忙碌而紧张的工作，使我懂得假期休闲是怎样的一种幸福。每次面对周末和节日，都会从心底油然而生出一份欣喜与感激。所有的假期时光，我都要美美地过。

　　我最喜欢的，是时间不语。时间从来不语，却回答了所有的问题。

　　　　　　人的一生都在成长，
　　　　　　难免有时候会迷失自己；
　　　　　　会有落魄与不堪，
　　　　　　会有苍凉与悲伤；
　　　　　　还好有漫长的时间，
　　　　　　能够修养和涤荡我们的心灵，
　　　　　　让我们渐渐懂得，
　　　　　　生命中的一切，
　　　　　　都是必要的。
　　　　　　光明的是，
　　　　　　灰暗的也是。

在旅途

在旅途中怀念儿时的田园生活，写下一首小诗。

是一群快乐的蝴蝶，
翩翩在童年的花园起舞；
是一支熟悉的老歌，
在困倦中让心潮模糊。

是一簇璀璨的星光，
摇曳着浓浓的夜幕；
是一个美丽的童话，
尘封在森林中的小屋。

在江边

情绪不好的时候一个人来到湘江河边，写下几句小诗。

扛住了，
俗事庸常对自己的种种盘剥。
那物化的岁月啊！
我总要逃开你。
给自己几分幽朦和神秘，
让自己的生命总是显得，
湿润而葱茏。

在公园

与爱人雨中游八方山，写下一首小诗。

如茵的绿草，爱你，
缤纷的落英，爱你，
朦胧的春雨，爱你；
空气中满满的湿润，
脚底下满满的柔软。

啾啾的小鸟儿，爱你，
欢笑的小孩儿，爱你，
迎面走来的我的爱人，谢谢你。

每天带我在山林散步，
因为我走不快，
有的时候你拉着我走，
有的时候你多走一些路程，
你轻轻地说，要在这里等我。
眼中满满的湿润，
心底满满的柔软。

参加同学会

参加初中同学聚会,写下一首小诗。

让我们,
再回到那最开始的青葱岁月吧!
让我们,
再相遇,
再相识,
不相忘。

让我们,
依旧是十三岁,
十四岁,
十五岁。
把艰苦的生活当作享受,
把平凡的日子过得欢欣。

这世界,
不像我们希望的那么好,
有离别,
有衰老。
三十二年的风风雨雨,
我们都不再是原来的模样。
昨天的记忆依旧无法延续,
如谜一般的距离依旧无法丈量。
就让这平静的幸福在此刻缠绵,
让相聚的欢乐与喜悦永远流长。

参加学校征文比赛

在学校的一次征文比赛中，我特立独行，用诗歌作为题材。征文比赛的题目是《爱，是一种责任》，开始看到这句话的时候就陷入了深思：爱是一件很简单的事情，爱就爱了，不爱就不爱。而当你必须要去爱不爱的人时，事情就变得复杂起来，于是才成为责任。教师爱学生，就是这样的情形。爱那些可爱的学生，是轻而易举的事情。你看那些聪明伶俐的孩子，红扑扑的小脸蛋，水汪汪的大眼睛，怎不让你油然而生出爱意。而当你不得不将爱更多地给予那些不太可爱的孩子，就是因为责任。自己先长大，承苦负重，才能教孩子长大。久而久之的装爱，来唤醒内心深处真正的爱。这就是教师的责任。

爱，是一种责任

如果一个人从来没有感受过人性光辉的沐浴，
从来没有走进过一个丰富而美好的精神世界，
那么，他就没有受过真正良好的教育。

我从一本教育理论书籍里看到这句话，
那本书的名字叫作《教育的理想与信念》，
这句话可以用来阐释什么是良好的教育，
它同样可以用来阐释，
怎样做一个好老师：
如果一个教师不能让学生感受到人性光辉的沐浴，
不能给学生展示一个丰富而美好的精神世界，
那么，她就不可能让学生受到良好的教育。
凡是教师缺乏爱的地方，
无论是品格还是智慧，
都不能充分地发展。

如果有人要追问爱是什么，
恐怕谁都无法回答，
生活中的故事，
那些温婉华丽的开始或是凄美悲怆的结束，
充满了震慑与喜悦，
充满了美，充满了浪漫。

但是如果你一定要追问我，
我只能俯首不语，
你去走进那些充满着生机与活力的校园吧，
你会看到无数天真稚嫩的孩子扬起笑意盈盈的脸，
你会看到老师们就那样忙忙碌碌地来回穿梭着，
身心疲惫却慈善而温和。

如果你仍然继续追问我，
我只能俯首不语，
你去走近那些孩子王吧，
她们会告诉你：
爱是一个赞许的眼神，
爱是一抹温馨的微笑，
爱是教育生活中点点滴滴的表达。
没有任何一种真正的教育是可以建立在轻蔑与敌视之上的，
也没有任何一种真正的教育可以依靠惩罚与制裁来实现。
真正的教育存在于无言的感动之中，
存在于人与人心灵距离最短的时间。

你看那师生之间心灵晤对的瞬间，
温婉平和的对话与谆谆教诲，
唤醒着彼此心中的眷念与期待，
在这种真情的沐浴下，

我们的孩子一天天长大，
带着理想，
带着憧憬，
带着对生活的激情与热爱，
走出课堂，
走出校门，
走向更为宽广而丰富多彩的世界。

爱，还是教学成功的基础。
你看那些渴求知识的孩子活跃在思维灵动的课堂，
真诚热烈的讨论与循循善诱，
师生之间倾心交流是多么欢欣和愉快，
在这种爱的浸染里，
我们的孩子因此而顿悟，
勤奋学习，
大胆创造，
今日的幼苗将成为明天的栋梁之材。

你去走近那些孩子王吧，
她们会告诉你，
在身心疲惫的时候多么希望放飞自己，
像毕业前那样背起行囊，
和你一起出发，
看没有看过的山，
走没有走过的水，
挥霍没有挥霍完的青春年华。
可是，我的可亲可敬的老师们啊，
她们会告诉你，
最不能放下的，
仍然是孩子们的期待。

爱是一种责任，
良好的教育需要爱，
成功的教学需要爱，
她选择了教师这个职业，
教师的职业就是爱；
她选择了教师这个职业，
就不得不爱。

参考文献

1. ［美］矿矿. 放飞美国 [M]. 北京：接力出版社，2001.
2. ［美］罗恩·克拉克. 优秀是教出来的 [M]. 北京：电子工业出版，2005.
3. 李再湘. 教师专业成长导引 [M]. 长沙：国防科技大学出版社，2008.
4. 万维钢. 你有你的计划，世界另有计划 [M]. 电子工业出版社，2019.
5. 韦钰，［加］P. Rowell. 探究式科学教育教学指导 [M]. 北京：教育科学出版社，2005.
6. 吴国盛. 我们对科学有多少误解. 解放日报，2019 年 02 月 22 日.
7. 华东师范大学哲学系逻辑学教研室. 形式逻辑 [M]. 上海：华东师范大学出版社，2016.